BuddhAll

All is Buddha.

BuddhAll.

BuddhAll

佛教小百科 20

Encyclopedia of Buddhism

梵字是印度古老的文字，
具有神秘不可思議的力量，
其更為佛教密法所引用，
成為表徵諸佛菩薩的甚深境界、
心要及廣大威力的種子字與真言咒語，
凡有觀想、書寫、念誦者，
皆能獲得佛菩薩殊勝的相應與加持，
圓滿一切善願。

簡易學梵字

基礎篇

作者 林光明

主編 洪啓嵩

BuddhAll

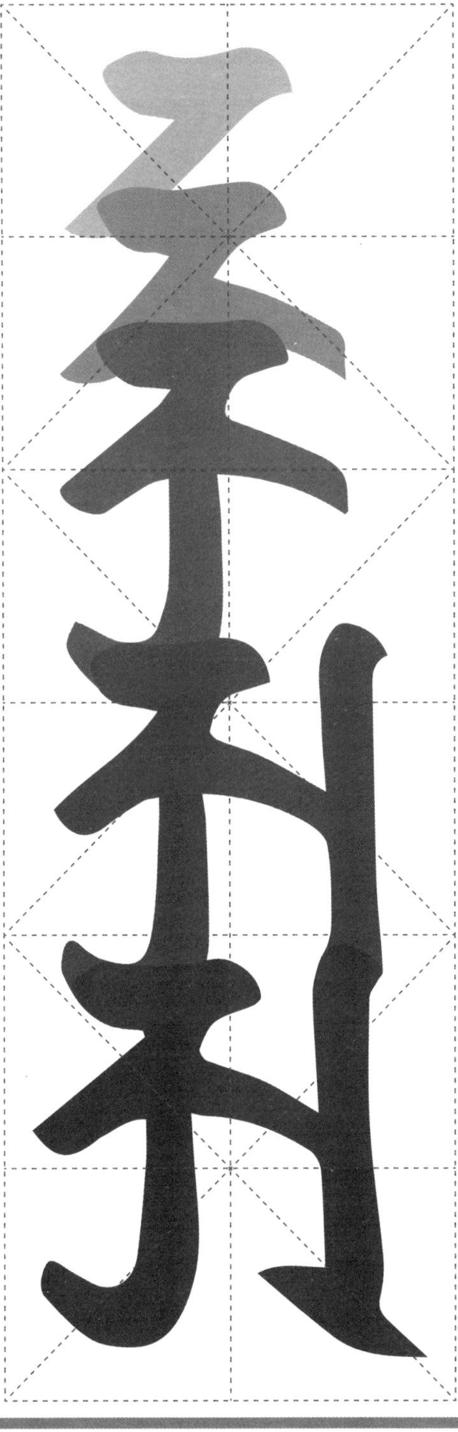

目　錄

出版緣起

佛法的深妙智慧，是人類生命中最閃亮的明燈，不只在我們困頓、苦難時，能撫慰我們的傷痛；更在我們幽暗、徘徊不決時，導引我們走向幸福、光明與喜樂。

佛法不只帶給我們心靈中最深層的安定穩實，更增長我們無盡的智慧，來覺悟生命的實相，達到究竟圓滿的正覺解脫。而在緊張忙碌、壓力漸大的現代世界中，讓我們的心靈，更加地寬柔、敦厚而有力，使我們具有著無比溫柔的悲憫。

在進入二十一世紀的前夕，我們需要讓身心具有更雄渾廣大的力量，來接受未來的衝擊，並體受更多彩的人生。而面對如此快速遷化且多元無常的世間，我們也必須擁有十倍速乃至百倍速的決斷力及智慧，才能洞察實相。

同時，在人際關係與界面日趨虛擬化與電子化過程當中，我們更必須擁有更廣大的心靈空間，來使我們的生命不被物質化、虛擬化、電子化。因此，在大步邁向新世紀之時，如何讓自己的心靈具有強大的覺性、自在寬坦，並擁有更深廣的慈悲能力，將是人類重要的課題。

生命是如此珍貴而難得，由於我們的存在，所以能夠具足喜樂、幸福，因自覺解脫而能離苦得樂，更能如同佛陀一般，擁有無上的智慧與慈悲。這種菩提種子的苗芽，是生命走向圓滿的原力，在邁入二十一世紀時，我們必須更加的充實。

因此，如何增長大眾無上菩提的原力，是〈全佛〉出版佛書的根本思惟。所以，我們一直擘畫最切合大眾及時代因緣的出版品，期盼讓所有人得到真正的菩提利益，以完成〈全佛〉（一切眾生圓滿成佛）的究竟心願。

《佛教小百科》就是在這樣的心願中，所規劃提出的一套叢書，我們希望透過這一套書，能讓大眾正確的理解佛法、歡喜佛法、修行佛法、圓滿佛法，讓所有的人透過正確的觀察體悟，使生命更加的光明幸福，並圓滿無上的菩提。

因此，《佛教小百科》是想要完成介紹佛法全貌的拚圖，透過系統性的分門別類，把一般人最有興趣、最重要的佛法課題，完整的編纂出來。我們希望讓《佛教小百科》成為人手一冊的隨身參考書，正確而完整的描繪出佛法智慧的全相，並提煉出無上菩提的願景。

佛法的名相眾多，而意義又深微奧密。因此，佛法雖然擁有無盡的智慧寶藏，對人生深具啟發與妙用，但許多人往往困於佛教的名相與博大的系統，而難以受用其中的珍寶。

其實，所有對佛教有興趣的人，都時常碰到上述的這些問題，而我們在學佛的過程中，也不例外。因此，我們希望《佛教小百科》，不僅能幫助大眾了解佛法的名詞及要義，並且能夠隨讀隨用。

《佛教小百科》這一系列的書籍，期望能讓大眾輕鬆自在並有系統的掌握佛教的知識及要義。透過《佛教小百科》，我們如同掌握到進入佛法門徑鑰匙，得以一窺佛法廣大的深奧。

《佛教小百科》系列將導引大家，去了解佛菩薩的世界，探索佛菩薩的外相、內義，佛教曼荼羅的奧祕，佛菩薩的真言、手印、持物，佛教的法具、宇宙觀……等等，這一切與佛教相關的命題，都是我們依次編纂的主題。透過每一個主題，我們將宛如打開一個個窗口一般，可以探索佛教的真相及妙義。

而這些重要、有趣的主題，將依次清楚、正確的編纂而出，讓大家能輕鬆的了解其意義。

在佛菩薩的智慧導引下，全佛編輯部將全心全力的編纂這一套《佛教小百科》系列叢書，讓這套叢書能成為大家身邊最有效的佛教實用參考手冊，幫助大家深入佛法的深層智慧，歡喜活用生命的寶藏。

簡易學梵字——序

數十年來正常營生工作之餘，常喜研究各種語文的佛教經咒，也陸續出版了幾本諸種語文對照型的佛教經咒書籍，在這些書中，過去銷售量最好的是《大悲咒研究》，由於此咒在中國人心目中有崇高地位，可知此現象應屬正常。但令我極為驚訝的是，《梵字悉曇入門》一書，竟引起讀者更多、更大的迴響。這本書可說是近代第一本以現代語言教學方法編寫的漢文悉曇教學書籍，原以為只有極少數需要讀《大正藏》、或研究唐代前後佛經資料的學者才會想要看看它，但從眾多讀者熱心的反應與詢問，及各地邀約不斷，希望我能去證明二小時的演講真能讓人學會悉曇字母，才讓我相信真有那麼多讀者對悉曇有這麼大的興趣。

全佛出版社覺得《梵字悉曇入門》書雖名為入門，但對無老師教導而想自學的初學者仍有一些困難，因此希望我將該書改寫成更簡單一點的初級課程及進階課程兩本——《簡易學梵字》(基礎篇)、(進階篇)：初級只講基本五十一字母，進階再談各種母音及子音的接續以及實際應用例。全佛出版社並計劃同時發行線上發音教學及習字帖。我覺得這樣的意見很好，因此欣然同意。在同一基礎上另有《藏文梵字入門》、《蘭札體梵文》及《城體梵字入門》三本初級入門書，讓讀者可無師自通，看完書就可自習學會這些佛教經咒中常用的文字。

本書的內容：第一章簡單介紹悉曇的由來，自印度文字的起源說起，說明悉曇的來源及其在歷史上使用的時段及情形，並簡述了梵字在中、日、韓三地的傳佈與發展。第二章介紹悉曇五十一字母、各字的發音及書寫筆順，除了附上幾位名家的書寫字例，也收有異體字及學習過程中較難辨識的近似字。第三章是習字手帖，用鏤空的字型及箭頭，說明各字母的書寫方法與筆順。第四章是將諸種佛經中，有關梵字五十一字母及華嚴四十二字母由不同譯者譯出時，所採用的不同音譯漢字做成簡單的對照表，讓讀者明瞭那些漢字相當於那些悉曇字。第五章說明種子字的意義，並取以五十一字母為種子字的諸尊為例。由於本書只介紹五十一字母，因此接續（組合）型的種子字暫不收入，留待進階一書中再做說明。

日本的悉曇字書寫自唐代引進開始，一直有很好的發展，至今仍極為普遍。目前日本的悉曇書寫法，主流約有三大流派，即澄禪（1613-1680）、淨嚴（1639-1702）及慈雲（1718-1804）等三流。事實上此三流派的字型基本上沒有多大差異，從一般人的角度來看可能只有美觀的不同，不過美醜本來就無一定的標準，完全依個人的主觀認定之不同而異。目前日本最大的流派應屬慈雲流，《大正藏》所用的字型也屬此流。我個人非常喜歡慈雲流，本書的梵字，基本上取自亦屬慈雲流的日本種智院大學出版的《梵字大鑑》一書，而此書中的梵字即屬慈雲流。

在學術的殿堂裡，我並不願談論所謂的怪力亂神，基本上我將一般的悉曇字只看成是文字的一種，不過對以悉曇字書寫的經文、咒語與種子字，根據一些靈驗錄的記載與傳說，是有一些神祕的力量存在。

本書能完成首先要感謝徐立強先生、林祺安小姐及嘉豐出版社同仁的幫忙，完成本書原著，接著要謝謝全佛文化事業有限公司的積極配合與催生，編輯部同仁幫忙編排及整理這本簡化版及新增的資料。

北京大學東方學院院長王邦維教授曾為文指出，唐朝時的文人雅士，曾以能書寫讀誦悉曇為時尚。由此可見當時悉曇的使用水準與普及程度，可惜宋朝以後悉曇在中國就幾乎消失了。期望藉著本書的拋磚引玉，會有更多中國人能學習與研究悉曇，且發表其研究成果，讓悉曇的流行能再度成為時尚，間接幫助佛教的傳佈，讓置身此五濁惡世的人們，在物慾的滔滔橫流中得享一股清流。是為序。

林光明

手機掃 QR Code

搭配梵字 51 字母的正確發音，
簡易輕鬆學梵字！
或搜尋「梵字 51 字母正確發音」
https://youtu.be/qGAiQMYCGT

第一章
梵字悉曇的由來與發展

一、印度文字的起源與發展

梵字是一種古老的印度文字，因此，要了解梵字的來由，就不能不對印度文字的起源與發展先作一番了解。

印度河谷文明時期（約西元前 2500 年至 1800 年）的文字，是目前所發現印度最早使用的文字，但是隨著該文明的消失，這種文字也隨之失傳了。隨後雅利安人進入了印度，根據現有資料推斷，他們所用的文字有佉盧及婆羅謎兩大系統。

（一）佉盧（Kharoṣṭhī）字

首先出現的是西元前四世紀左右的佉盧（Kharoṣṭhī）字。佉盧也譯成佉樓，佉留，佉路瑟吒，佉盧虱底。或是譯成驢唇文，因 Khara 意思是驢。摩威（Monier Williams）《梵英字典》說該字取自驢（donkey）的叫聲。

佉盧文字是自右向左書寫的字型，是目前所知印度雅利安（Indo-Aryan）人所使用的最早文字。不過佉盧字系統在印度不久就失去傳承而消失了。

（二）婆羅謎（Brāhmī）字

其次出現的是西元前三世紀開始使用的婆羅謎（Brāhmī）字。這是自左向右書寫的字型，印度現今使用的天城體就是源於此文字。

婆羅謎（Brāhmī）文字的「婆羅謎」來自梵天（Brahmin, Brāhmī）一詞，因古代印度人相信這種文字是婆羅門教的創造神婆羅門（Brahman）所造，因此稱它爲婆羅謎。

歷代𑖀(1)字的字型變化

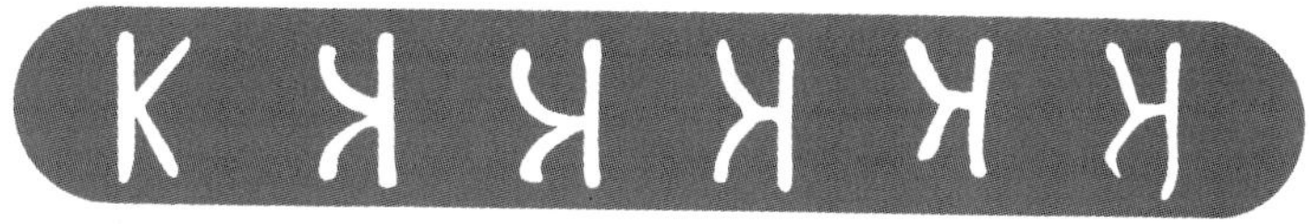

約西元前 350 年至西元 0 年間所用梵字例

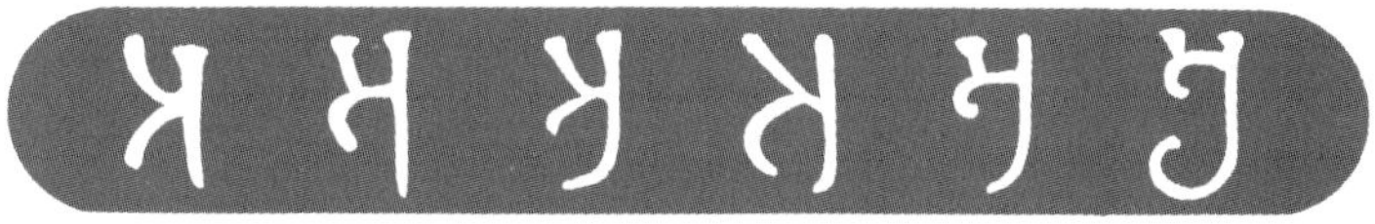

約西元 0 年至西元 350 年間所用梵字例

約西元 350 年至西元 800 年間所用梵字例

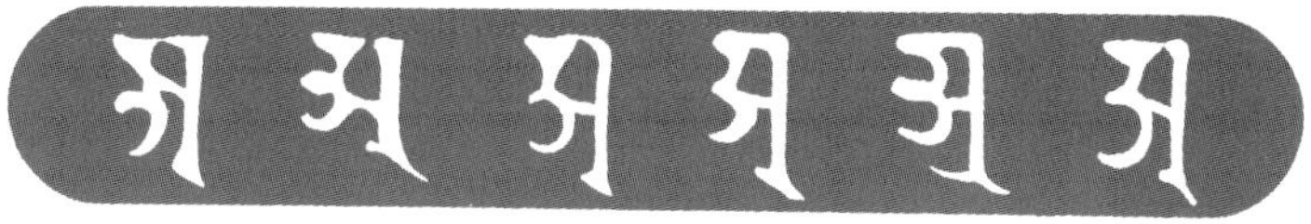

約西元 800 年至西元 1200 年間所用梵字例

北方寫本的梵字字形例

這兩種字型目前尚存最古老的資料是有名的「阿育王碑文」。

印度使用的梵語，自婆羅謎字型演變到現在使用的天城（Deva-nāgarī）體，當中經過了一些變化。簡單地說，婆羅謎早期可分為「孔雀」(Maurya）型、「達羅維第」(Drāvaḍī）型、「巽迦」(Śuṅga）型、「前北方系」型及「前南方系」型等五種。

在「前北方系型」婆羅謎文字系統裏，西元四世紀時，由於笈多（Gupta）王朝的興起，他們發展出一種屬於「前北方系型」的「新笈多型」文字，並在北印度取得優勢，成為現今印度雅利安文字之祖。

笈多王朝代表著印度古典文化最盛時期，此王朝信奉婆羅門教，並訂定梵語（Sanskrit）為公用語，現在的文字學者稱他們使用的字型為「笈多型婆羅謎」文字。

這種屬北方系的笈多型婆羅謎文字，隨著時間與地區的不同，發展結果大約可分成六種字型：

（1）笈多（Gupta）字型：

此字型約用於西元四至五世紀，但隨著笈多王朝在六世紀初的衰微而逐漸消失，並發展出以下五種字型。

（2）悉曇（Siddha-mātṛkā）字型：

此字型即本書所談的字型，約用於六世紀初。

目前最知名的古代資料，是日本法隆寺所收藏的貝葉寫本，收有梵文悉曇體《般若心經》、《佛頂尊勝陀羅尼》與「悉曇五十一字母」。

（3）城（Nāgarī）字型：

城（Nāgarī）字型也有人稱爲「龍」體字。此字型約開始於七世紀。很多人認爲：現今印度使用的天城（Deva-nāgarī）體，即是由此城（Nāgarī）體發展出來的。

（4）莎拉達（Śāradā）字型：

本字型也成立於七世紀左右，主要用於西印度、北印度及克什米爾（Kashimir）地區。

（5）原孟加拉（Bengali）字型：

此字型大約成立於六世紀，主要用於東印度區，後來發展成今日使用的孟加拉文字。

（6）尼泊爾（Nepal）鉤字型：

此字型是受原孟加拉字型的影響，而於十二世紀左右發展出來的文字，當時主要用於現今尼泊爾地區，但十五世紀後就已經不用。

二、梵字悉曇體是什麼

梵字悉曇體的起源

梵字悉曇字母（Siddha-mātṛka）是約於西元五、六世紀間，流行於北印度的一種梵語書寫文字，原先由笈多（Gupta）字型發展出來，屬婆羅謎（Brāhmī）文字之前北方系型。它由印度經陸路及水路傳入中國、韓國及日本。日本的密教徒至今仍然使用。

北京大學國寶級的世界知名教授季羨林老師，在其著名的大作《大唐西域記校註》中，談到悉曇一詞時說到：「我國保留的梵語碑銘以及日本所藏古代梵本多用這種字體。」又說：「玄奘訪問印度時，這種字母仍然流行。」這兩段話將悉曇梵字的情況說的非常清楚。

有關悉曇字體的來源，在各種經典中有四種說法：

（1）梵天創造。

（2）取自龍宮。

（3）釋迦所造。

（4）傳承自大日如來。

據日本種智院大學的《梵字大鑑》一書中的推測，悉曇字的原型——婆羅謎（Brāhmī）是阿育王所創，當初爲了標示這種字體創製的功勳，所以將之推爲梵天所創。

梵字、梵語與悉曇的意義

「梵字」或「梵語」等語詞，在以往的漢文資料中，一直沒有明確的定義。它們的範圍有時很廣，不只包括整個印度的所有語文，甚至包括西域的各種語言文字；有時範圍卻又很窄，只指目前印度使用的天城體。

爲了使讀者能掌握筆者所要表達的意思，所以有必要先就上述容易混淆的語詞作出界定。在此，筆者嘗試以中文習慣來界定「梵語」、「梵文」、「梵字」三者的定義如下：

1.「梵語」較「梵文」、「梵字」的範圍廣，所以筆者將其界定爲包含最廣的意義——包括從古代吠陀梵語（Veda Sanskrit）一直到近代的梵語，以及俗語（Prakrit）、雅語（Sanskrit）和混合梵語（Hybrid Sanskrit），乃至於表現這些語言的種種書體。不過，此一語詞的重點，仍偏重於語言的範疇。

2.「梵文」一詞，筆者將其界定於雅語（Sanskrit）的範圍，它也包含語言與雅語（Sanskrit）系統所發展出的不同書體。

3.「梵字」的範圍最小，筆者將其界定爲「梵語或梵文的書寫文字」。

「悉曇」一詞，與梵字或梵語相同，在過去漢文及日文資料裏定義也不明確。最狹義的用法，專指梵語的母音字母而已，稍廣的指所有五十一個梵語字母，更廣的指所有與這種字型有關的文字學問，最廣的甚至把與它有關的佛教修行也包括在內。

本書中的悉曇是狹義的用法，指印度婆羅謎文字系統中，於六世紀左右由笈多文字（亦是婆羅謎文字的一種，即笈多王朝時的婆羅謎文字）發展出來的一種書寫字型。梵語稱爲悉曇母（Siddha-mātṛka）字型，其梵語 Siddha 意思是成就，音譯爲「悉曇」；mātṛka 意思是母親。

三、梵字在中國的傳佈與發展

梵字悉曇體現今在印度雖然已不見使用，然當時藉著華梵僧人將佛經傳入中國的因緣，來到了漢地，再由中國輾轉流傳至日、韓兩地，因而得以在異域得到保存與發展，甚至發揚光大。因此，中國雖自唐代以後，梵字悉曇即已衰微，但在梵字存續的因緣上，仍有著不可磨滅的意義。

據載，我國自南齊時，就有悉曇字母之學，後通行連聲法等，至唐代，精通梵語的玄奘大師由印度攜回純正的梵語學。又由於梵字被密法引用，成為各種重要觀行法門，因此，隨著稍後密教經軌傳譯的盛行，漢地梵字悉曇之學也隨之而大興。

本節即綜合中外學者研究的成果與筆者淺見，簡介梵字在中國流傳及使用的情形，內容分成四部份：一、說明佛典的舊譯、新譯及純密等三時期的情況；二、依漢、唐、宋、元、明、清以及民國等朝代分別說明；三、綜合以上三部份列出簡表。

佛典舊譯、新譯及純密時期

由於梵字的流佈與佛教經籍的傳譯，尤其是密法的弘傳，有著十分密切的關係，因此，在了解梵字在中國歷代發展的狀況之前，我們首先來看看佛典當初流入中國傳譯的情形。

(一)、舊譯時期

佛教傳入中國的時間，目前學界較接受的說法是西元前二年(漢哀帝元年) 時，大月氏使者伊存口授「浮屠經」(即佛經）給景盧，是爲佛教傳入中國的開始。至今已有兩千多年了。

我國自後漢開始譯經。早期所根據的原本，除了梵文，大概以西域的轉寫本或譯本較多，如鳩摩羅什（344~413）譯的《妙法蓮華經》，原文應是龜茲（Kucha）文；《放光般若經》原文應是于闐（Khotan）文，兩者皆屬西域文字。這些文字大多是受印度文字的影響而創立，如梁僧祐（445~518）的《出三藏記集》卷一的〈胡漢譯經音義同異記〉說：「西方寫經雖同祖梵語，然三十六國往往有異。」

當時翻譯佛典的相關人員，當然有機會見到這些以梵文或西域文書寫的原本。不過一般僧俗大概無緣接觸這些原本，看不懂原文可能是原因之一。

學界稱此階段爲佛典的舊譯時期。這一時期翻譯佛典專有名詞或術語皆只採用漢文音譯，未附上原文。

此時期印度使用的文字有兩大系列：一爲自右向左書寫的佉盧文（驢唇文・Kharoṣṭhī），另一爲自左向右書寫的婆羅謎文（Brāhmī）。前者後來消失了，後者漸漸發展成笈多（Gupta）字型、本書所談的悉曇體以及現今印度使用的天城（Deva-nāgarī）體。

此外，不少歐美學者認爲早期漢譯佛典所用書面或口授的原典，應該是以健陀羅語（Gāndhārī）書寫的，這是一種用於西北印的語言。不過美國康乃爾大學的 Daniel Boucher 於 1998 年底在美國的東方學會報中指出，當時所根據的原文，可能在經典的傳播過程中受到所經過各地區之方言—俗語（Prākrit）、梵語（Sanskrit）以及其混合型的梵語（Hybrid Sanskrit）等三者的影響。

另一方面，漢譯佛典中提到與梵語字母或字母表有關的資料有兩種：一是般若、華嚴系統的四十二字門，一是涅槃經系統的五十字門。前者的排列順序，目前尚不知其起源與規則，譚世寶先生稱之爲「以佛經爲序」的排列方法；後者則按音理排列，且與今日所用的天城體梵語字母表順序相同。雖然前者似乎成立較早，但筆者比較不認爲它是字母表，主要理由是它含有許多個重字（複合子音）如 sta 等。本書只談第二種的五十字門。

漢譯佛典最早提到梵語字母是東晉法顯於義熙十三年（417）譯的《大般泥洹經・文字品》，其次是北涼曇無讖譯於玄始十年（421）的《大般涅槃經・卷八》。

雖然這個階段已有「悉曇」的名詞出現，如梁僧祐《出三藏記集・新集安公失譯經錄》，有「悉曇慕二卷」的記載。(《高麗藏》書寫成「悉曇摹二卷」) 但是，筆者認爲當時的「悉曇」，可能是泛指梵語，甚至西域文字。而本書所界定梵文悉曇體（Siddha- mātrikā），大約在南朝梁代以後才開始流傳於中國。

學界也多半認爲悉曇體應在六世紀左右（約當蕭梁的時代）才發展出來。至於安公—安世高（在華時間約爲西元 147-170 年）「悉曇慕二卷」的時代，可說比學者的研判約早了 400 年。由此可見，該資料的「悉曇」，應與本書所謂的梵語悉曇字體（Siddha-mātrikā）不同。

(二)、新譯時期

到了唐朝初年，可能對某些舊譯的懷疑，加上尊重純正梵語的風潮，佛典的漢譯開始逐漸變成梵文原典漢譯，而非轉譯西域文字。其中最有名的譯經師玄奘（602~664）是經陸路赴印度的，另一代表性人物義淨（635~713），則比玄奘晚約四十二年，經水路赴印度。

學界稱此階段爲佛典的新譯時期。此時梵文本所用的文字，主要都是本書所謂的梵字悉曇體。不過以漢文音譯專有名詞時，與舊譯時期一樣只用漢文音譯，未附上原文。

（三）、純密時期

到了唐・開元三大士：善無畏（637~735）、金剛智（669~741）、不空（705~774）的純密經典 (指金胎兩部大法) 譯出時期，所根據的梵語原典，主要皆以梵字悉曇體書寫。

他們以漢文音譯梵語專有名詞與術語時，與上述的舊譯、新譯時期不同，多半會附上梵文原文。特別是寫到有關陀羅尼與梵語字母時，他們開始使用梵漢對照並列的新式譯法。此時期漢譯經典中所用的對照梵語，即是本書所謂的梵字悉曇體。

唐、宋、元、明、清、民國

（一）、唐朝（618~907）

以玄奘與義淨爲代表的新譯時期之後，中國人對梵

善無畏所書梵字

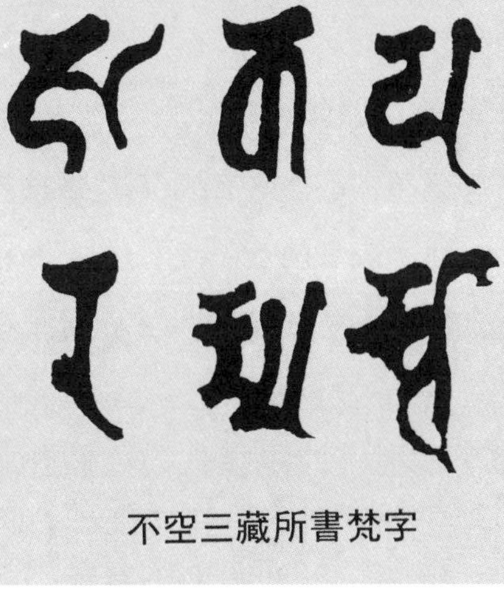

不空三藏所書梵字

唐代諸大家所書悉曇梵字

字悉曇的學習與使用日漸盛行，更於開元三大士的純密經典漢譯時期發展到了最高峰。此時期研究梵文悉曇體已變成僧人尤其是密教僧人的必修科目，甚至在一般士人中，能書寫或研讀悉曇資料也變成一種流行的風尚。

有關悉曇的著作在此時期大量產生，主要可分四類：

(1) 悉曇章類：主要談悉曇字母及其組合方式。

(2) 悉曇章解說類：解說悉曇章的內容。

(3) 悉曇章類支流：說明悉曇字母有關的各種流派或異體字。

(4) 梵語語彙解說類：即梵漢或漢梵字典。

這四類有關悉曇的文獻資料，筆者不一一列舉，有興趣進一步研究的讀者可查閱拙著《梵字悉曇入門》所附參考書目。在此筆者要推薦四本比較基礎的著作。如下：

(1) 唐朝智廣（760~830?）的《悉曇字記》。

(2) 日・空海（774~835）的《悉曇字母釋義》。

(3) 日・安然（841-915）的《悉曇藏》。

(4) 唐朝義淨（635~713）的《梵語千字文》。

而有名的《羅什悉曇章》與《一行禪師字母表》，據日本學者考證，前者可能是後代漢人假託鳩摩羅什之名所作，後者可能是後代日人假託一行之名而成。

日本的入唐八家，在此時期大量自中國引入悉曇資料。中國在晚唐後悉曇逐漸衰微，到了宋朝可說幾乎完全消失。而日本不但完善地保存悉曇，甚至發揚光大，變成一門獨特的學問。目前全世界對悉曇的整理與研究首推日本。

佛典的漢譯在唐憲宗長慶四年（824）後就中斷了，直到宋太宗太平興國七年（982），才開始恢復。

（二）、宋朝（960~1280）

前面提過，關於印度文字的演變情形，目前學界普遍接受的看法是：屬婆羅謎文字系統的笈多字型，在六世紀前後發展出悉曇體，而後在七世紀左右發展出城（nāgarī）體，最後才發展出現今使用的天城體。

隨著印度由悉曇體字型轉變爲城體字型，在中國使用的梵字字型，於唐朝爲悉曇體，到唐末宋初漸變成一種介於悉曇體與城體間的書寫體，後來變成完全只使用城體。

韓國大約也在此時大量引入漢地梵語資料，因此《高麗藏》、韓國人編輯的《梵漢韓對照真言集》以及在韓國各地可見到的各種金石銘文，皆以城體爲主。

此階段最重要的梵字相關著作，是法護、惟淨等人於宋仁宗景祐二年（1035） 編集的《景祐天竺字源》。惟淨是當時「譯經三藏」的唯一漢人，另四位譯經三藏爲天息災、施護、法賢、法護，皆來自西土。據說惟淨是南唐後主李煜的侄兒，自幼獲選學習梵字，精通梵語與西域文字。

唐朝初期稱梵文字母爲悉曇，稱梵語的文法及梵語的語義等爲梵文或梵語，後來泛稱梵字甚至與其相關的學問皆爲悉曇。這個習慣在宋朝以後逐漸不用，除了少數例外，宋代幾乎都改用「梵字」一詞。原因可能是當時所用的城體與所謂悉曇體已有相當差異，因此稱新來自印度的文字爲「梵字」或「天竺字」，而原來唐朝使用的文字仍稱爲悉曇。

（三）、元朝（1281~1367）

元朝早期使用的梵字，大約有三個系統：(1) 沿用宋代使用的城體。(2) 使用自西藏及印度傳來的蘭札體（梵語 rañjā 或 rañjana，藏文ལན་ཚ，lan-tsa）。(3) 使用以藏文爲基礎新創的蒙古字（八思巴文）。

到了後來，這三種書寫體以蘭札體爲主流。

（四）、明朝（1368~1661）

此時期因悉曇在中國已衰微數百年，中國人關於梵文的著述並不多，最重要的應該是趙宧光寫於明神宗萬歷丙午年（萬曆四十三年，1606）的《悉曇經傳》。

在明朝，另一種字體蘭札體已成爲中國梵字的標準型。這種字體在西藏被視爲神聖的字，主要用於寺院的大經堂門楣、棟樑及轉經輪等處，以及經書的封面題字。

蘭札體之所以會在中國流行，筆者認爲可能與藏傳佛教自元朝以來受到皇室的高度推崇有關。在中國幾乎未曾見到以梵文做長篇大論的著作，梵文主要只用於梵漢並列的一些術語，因此選擇以蘭札體這種外型壯麗美觀的裝飾字，來書寫少數的幾個夾雜在漢字群中的梵字，而不用其他雖通用卻較不美觀的字體，應該是可以理解的。

以蘭札體書寫的六字大明咒咒牌

以蘭札體書寫的準提咒咒輪

元代以後逐漸流行的蘭札字體

（五）、清朝（1662~1911）

清朝的蘭札體與明朝一樣是梵字主流。此時期最重要的著作是乾隆皇帝（1736-1795）請章嘉活佛第二世（1716-1786）編的《滿漢蒙藏四體合璧大藏全咒》八十八卷中的《同文韵統》六卷。我將此收有 451 經 10402 咒的《大藏全咒》重新編寫，附上羅馬拼音，並與《大正藏》對照，且編有詳細索引，已於 2001 年由嘉豐出版社出版。

（六）、民國（1911~ ）

民國初年的梵文以天城（Deva-nāgarī）體與羅馬拼音爲主。梵文天城體是以七世紀的城（Nāgarī）體爲基礎，在八世紀開始發展，到了十一世紀左右定型，並沿用至今。

清末民初雖也有少數中國人因個人的需要，而學習梵語天城體及其羅馬拼音。但據北京大學王邦維教授的說法，現有的紀錄記載，中國真正有人開始在課堂講授梵語天城體與羅馬拼音，應該是 1920 年到北大授課的俄國人鋼和泰先生（Prof. Alexander von Stael- Holstein）。

近年羅馬拼音的梵語逐漸變成主流，以現代對台灣及中國地區影響最大的印順法師著作爲例，其書中引用專有名詞與術語並附上外文時，所附的梵語資料都以羅馬拼音轉寫，不曾見到一個天城字體。而《望月佛教大辭典》、《中華佛教百科全書》及《佛光大辭典》，除了少數附有悉曇梵語，大約也皆以羅馬拼音轉寫爲主。

雖然羅馬拼音將成主流，但日本的東密與台密將繼續往外發展，加上《大正藏》在學術上的地位，研讀悉曇的仍大有人在。此外，隨著藏密的迅速擴展與傳播，藏文或至少咒語用藏文也將日益普及。但精緻美觀的蘭札字體在咒輪、咒牌中的地位仍無法被取代。所以，雖然梵文羅馬拼音的使用人數最多，但悉曇體、藏文、蘭札體三者仍將與羅馬拼音並存。

次頁就上述中國歷代梵字傳譯及應用狀況，作一簡單表列，以供參考。

中國歷代梵字發展一覽表

時代	梵語字型	附註
漢至隋	1.佉盧文字 2.婆羅謎文字 3.西域文字 4.悉曇字體	1.此時期的佛典翻譯大多以轉譯西域文字為主。 2.史稱舊譯時代。 3.專有名詞與術語只以漢文音譯。 4.此時期（梁代以前）所稱的悉曇，可能是泛指梵語及西域文字，而非本書所談的梵文悉曇字體。
唐	悉曇字體	**初唐：** 1.此時期佛典翻譯改以直接取自印度的資料為主。 2.史稱新譯時代。 3.專有名詞與術語仍只以漢文音譯。 **中唐：** 1.開元三大士開始翻譯純密經典。 2.專有名詞、術語開始出現梵漢對照的新寫法，非如以前的僅列出漢文音譯。 3.原來悉曇只指梵文字母，後來發展到以悉曇泛稱梵文。 4.密教在漢地（唐密）的盛行約自開元四年（716）善無畏入長安到會昌五年（845）唐武宗滅佛結束，最多只有一百多年。 5.最重要的著作是智廣的《悉曇字記》。

(續表)

時代	梵語字型	附註
唐	悉曇字體	6.日本的入唐八家將悉曇資料大量移入日本，並在日本高度發展、大放異彩。 7.長慶四年（824）至宋太平興國七年（982），佛經的翻譯中斷了156年。
宋	城字體	1.起初用一種介於悉曇體與城體間的字型。 2.後來發展到只用城體。 3.最後部份城體漸受蘭札體影響，而變成更美觀壯麗。 4.最重要的著作是惟淨的《景祐天竺字源》。 5.韓國的梵文使用以城體爲主，可能是受此時期的影響。 6.對梵文的泛稱漸改用「梵字」，以「悉曇」泛稱梵文的用法漸減少。 7.在唐朝極爲興盛的悉曇體，宋朝以後逐漸衰微，最後在漢地可說完全消失，但在日本卻大大的發展。
元	蘭札字體	1.起初使用三種梵文書寫法：一、沿用宋朝城體；二、新引進的蘭札體；三、新創造的八思巴蒙古文。 2.後來蘭札體漸成主流。

(續表)

時代	梵語字型	附註
明	蘭札字體	1.蘭札體爲主流。 2.最重要的著作是趙宧光的《悉曇經傳》。
清	蘭札字體	1.蘭札體爲主流。 2.最重要的著作爲乾隆時期由章嘉二世主編的《大藏全咒》中的《同文韵統》六卷。
民國	1.天城字體	1.民國初年正式傳入天城體與羅馬拼音。
	2.羅馬拼音轉寫	2.後來羅馬拼音的使用日益普及，且漸成主流。
	3.悉曇字體	3.爲了研讀學術界最常引用的《大正藏》中梵語悉曇資料，仍然有人會學習悉曇字體。
	4.蘭札字體	4.部份大量流通的咒牌、咒輪仍以美觀的蘭札體書寫。
未來	1.羅馬拼音轉寫	1.筆者以爲羅馬拼音轉寫將繼續爲主流，因其易學易用。
	2.悉曇字體	2.爲了研讀《大正藏》或瞭解東密及台密，部份人仍會研究悉曇體。
	3.咒語用藏文	3.隨著藏密的流行，有些人會研讀咒語用藏文，或其羅馬拼音。
	4.蘭札字體	4.美觀的蘭札體在咒牌、咒輪的地位仍無法被取代，將繼續盛行。

四、梵字在日本的傳佈與發展

與中國的情形一樣，梵字悉曇也隨著日本入唐僧人攜回的佛典，傳入了日本，在日本得到良好的保存與發展。也由於日本在梵字悉曇研究與保存上，佔有非常重要的地位，因此，想要更進一步了解梵字悉曇的發展，與諸大流派，就必需從日本的梵字悉曇著手。

梵字悉曇傳入日本

學界目前對梵文何時傳入日本的看法不一，不過最遲應不會晚於日本推古年間。因推古十六年（中國隋煬帝大業四年，西元 608 年）九月，推古天皇派遣隋使小野妹子與留學生及學問僧八人，與隋使裴世清赴中國。十八年（610）左右，小野妹子自隋帶回的資料中，有兩頁書寫在貝葉上的悉曇梵語經咒文獻。

這兩頁寫在多羅葉上的經咒，被存放在京都附近的法隆寺。這個資料後來在明治十一年（1858）呈獻給明治天皇的宮內省，現在陳列於東京國立博物館內的「法隆寺寶物館」內。

此珍貴史料，即世界聞名的法隆寺貝葉本《心經》，是目前所知全世界最古老的梵文《心經》寫本。該二貝葉每頁有七行悉曇字，第一頁全頁及第二頁第一行是略本《心經》；第二頁第二行至第六行為〈佛頂尊勝陀羅尼〉；第七行為悉曇五十一字母，此字母表也可能是目前世界上最古老的悉曇字母寫本。

而所謂貝葉，是貝多羅(Pattra)葉的簡稱。往昔印度

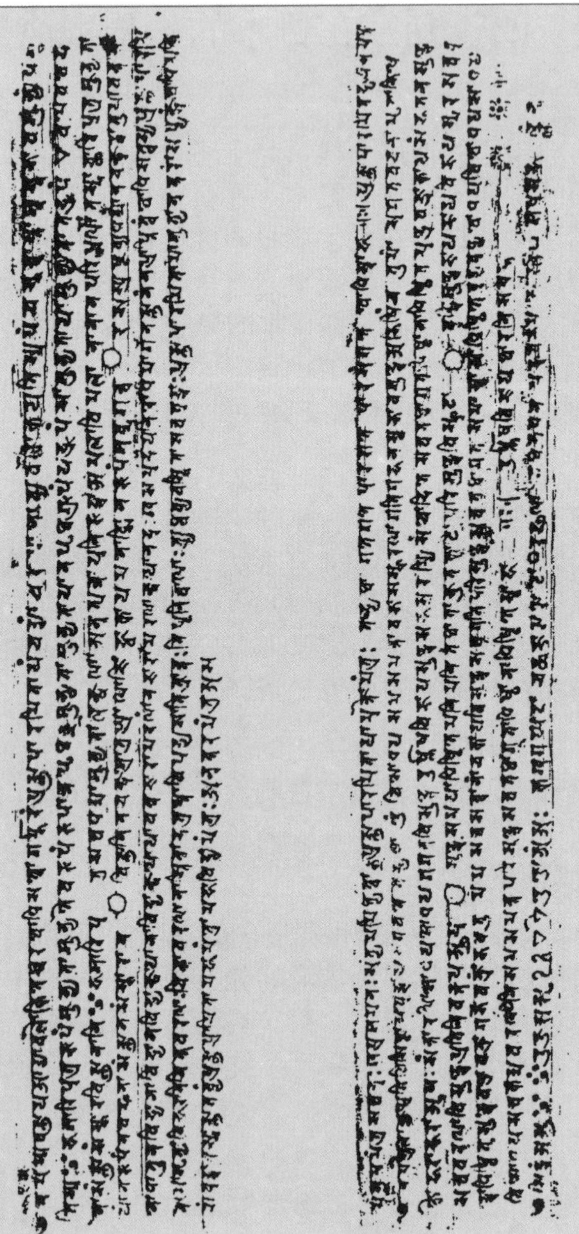

法隆寺貝葉—最古老的悉曇字母寫本

在紙的發明製造之前，是以樹葉來作爲書寫工具，其中以多羅樹(tāla-pattra)的葉子 (也就是棕櫚葉) 最適合書寫。佛經最初並未見諸文字，而是靠記憶背誦，口耳相傳，直至西元前一世紀第四次結集時，才把經文記錄在貝葉上。這種書寫在貝葉上的佛經，就稱爲貝葉經。對佛教的傳播、發展有著重大的影響。

梵字悉曇的傳入日本，固然與佛法的傳佈有關，而悉曇的保存與研究，更與密教的發展有很大的關係。日本的密教有兩大派，分別由最澄（766~822）與空海（774~835）從中國帶回日本後所開創：前者是天台密教（簡稱台密）；後者爲真言密教（簡稱東密）。而空海大師更被推爲請來悉曇的始祖。

最澄後有圓仁（794~864）、圓珍（814~891）兩位，空海後有常曉（？~866）、圓行（799~852）、慧運（798~871）、宗叡（809~884）等四位。此六位與最澄、空海合起來，即日本佛教史裏極出名的入唐八大家。他們自唐取回很多有關密教經典、密教圖像及悉曇文獻等資料，不但對日本天台、真言兩密教的發展有非常大的貢獻，也讓在中國於唐朝之後就幾乎失傳的悉曇學得到很好的保存，並發揚光大，更讓今日的日本成爲全世界研究悉曇的重鎭。

日本悉曇梵字的發展與流派

日本有關悉曇的古典著作，在《大正藏》第八十四卷收有十一部，當中最重要的有空海的《梵字悉曇字母釋義》及安然的《悉曇藏》八卷共兩部。

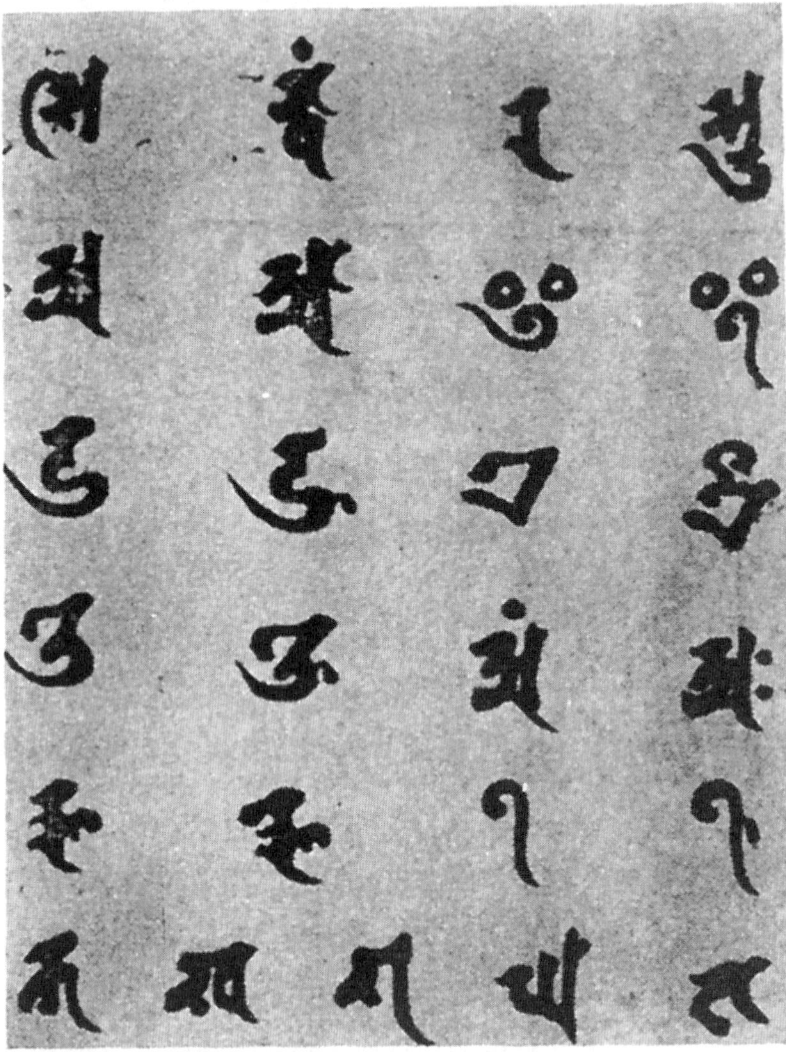

日本請回悉曇始祖----弘法(空海)大師書

日本原來的悉曇學研究，主要以音韻爲中心。到了江戶時代，日本學者開拓了新的研究方法，開始研究梵語的語義，試圖解讀一些梵本。此時期日本最重要的悉曇學者有三位，即澄禪、淨嚴、慈雲，他們也開創了三大悉曇字體書寫流派。

(1) 澄禪（ちょぅぜん）（1613~1680）

澄禪有兩本名著：《悉曇愚鈔》與《悉曇連聲集》，前者談論悉曇字母與悉曇十八章，後者說明連聲法。澄禪不只對悉曇學的普及貢獻很大，也是位書寫悉曇字體的名書法家。

澄禪原本的悉曇傳承是得自「小嶋流」的長意，後來他開創出一種新的悉曇書風，他使用刷毛筆取代傳統的朴筆與毛筆而自成一格，其所創流派被稱爲「澄禪流」。

(2) 淨嚴（じょぅごん）（1639~1702）

淨嚴有多部著作，最重要的有二本：《悉曇三密鈔》七卷，是梵文悉曇體的教學書；而《普通真言藏》，是日本很著名的以悉曇字體寫成的咒語集。此書在 1979 年由先師稻谷祐宣逐咒編號及加上索引再版，我也將它收入收有 10402 個咒語的《大藏全咒新編》資料中，做爲參考比對的資料。

淨嚴的書寫法極重視法隆寺的貝葉梵本，被稱爲「新安流」的「流祖」。新安是新安祥寺的簡稱。

(3) 慈雲（じうん）（1718~1804）

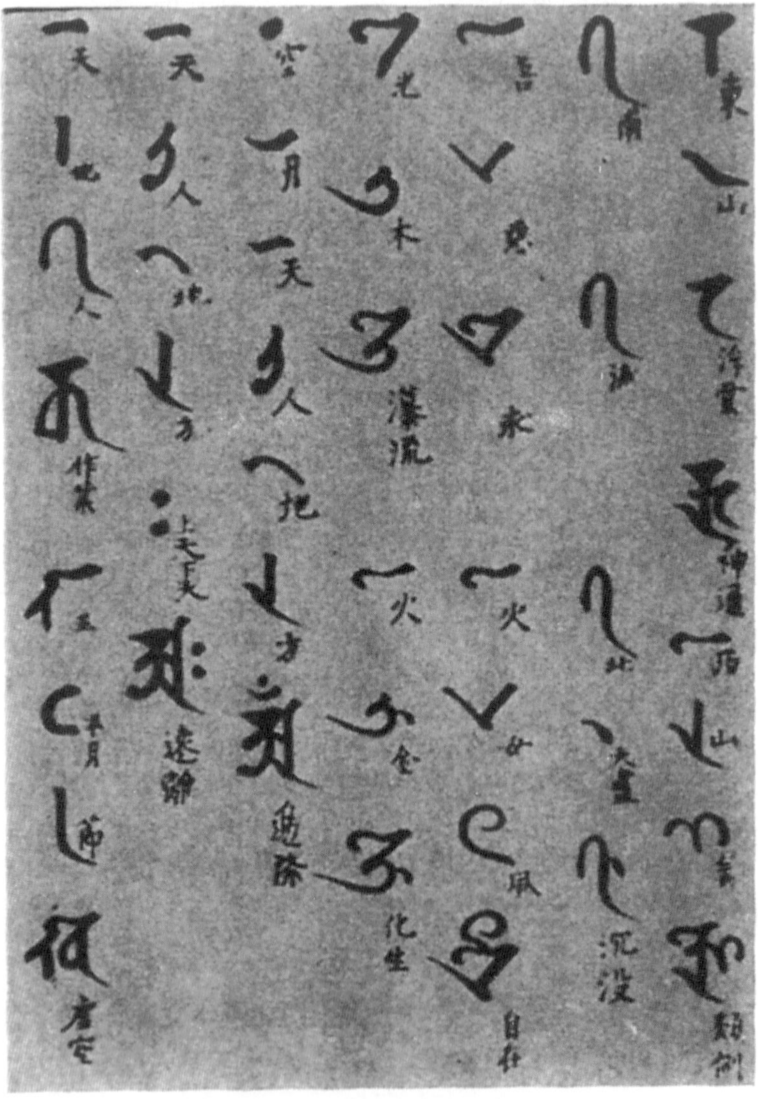

禪澄流開創者一禪澄所寫的梵字

慈雲的梵字筆法係研究「高貴寺貝葉」後自創的，被稱爲慈雲流。慈雲流是目前日本悉曇書寫法的最大流派。

此外，慈雲還致力於梵文悉曇文獻的整理工作。他曾將所收集及自著的悉曇梵語資料集成《梵學津梁》一千卷，是非常珍貴的資料，可惜目前已散失不少。《大正藏》中，僅存他的《梵學津梁總目錄》。

近年的學者中，特別值得一提的是田久保周譽（1906~1979）。田久保先生的《批判悉曇學》是經典之著，而他往生後由金山正好補筆的《梵字悉曇》，更是現代研究悉曇者必備的重要參考書。近年日本出版的有關悉曇書籍或發表的論文，有很多是受他的見解影響。

目前日本悉曇教學及書法的相關書籍中，筆者認爲影響最大、讀者群較多的有八本：

(1)、坂井榮信的《梵字悉曇習字帖》(1959)。

(2)、渡邊英明《悉曇梵語初學者の爲めに》(1972)。

(3)、中村瑞隆、石村喜英、三友健容的《梵字事典》(1977)。

(4)、種智院大學的《梵字大鑑》(1983)。

(5)、田久保周譽著，金山正好補筆的《梵字悉曇》(1981)。

(6)、德山暉純的《梵字の書き方》(1985)。

(7)、兒玉義隆的《梵字必携》(1991)。

(8)、靜慈圓的《梵字悉曇》(1997)。

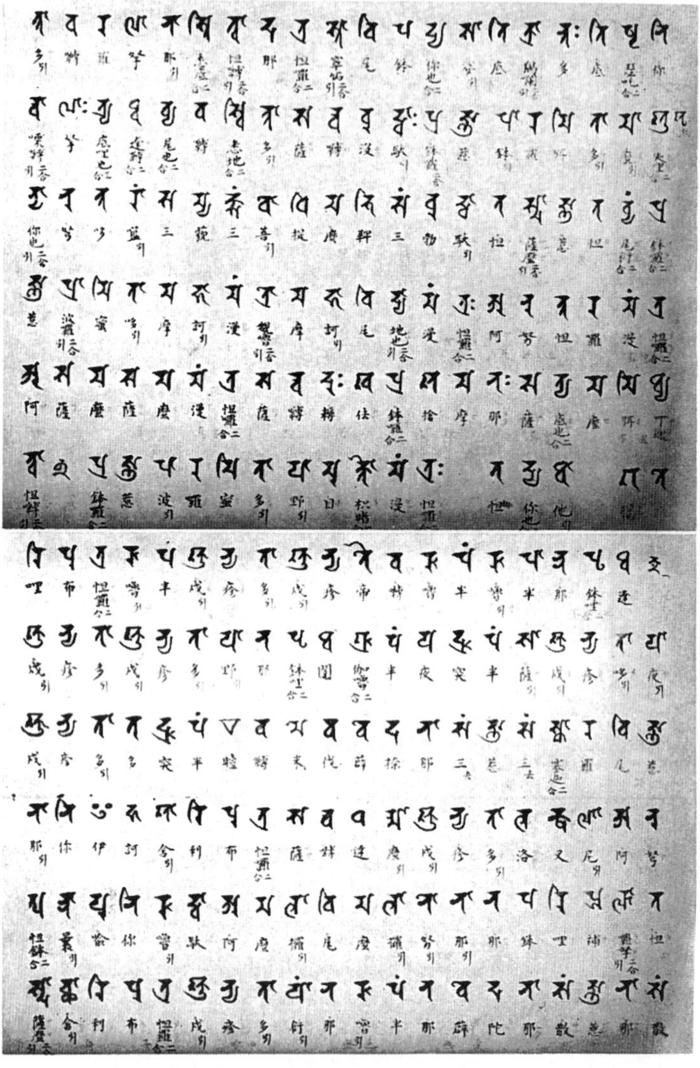

新安流開創者—淨嚴所書梵字心經

現代悉曇書法教學書籍中，坂井榮信的影響最爲深遠。坂井榮信（1904~1979）基本上屬慈雲流，但受到當年號稱慈雲流第一名筆的和田智滿（1835~1909）的影響，所寫的悉曇字具有闊達溫和的風格。

戰後《大正藏》所用的悉曇字體，據說就是他書寫的；目前日本悉曇教學影響很大的兩本書是：種智院的《梵字大鑑》及兒玉義隆的《梵字必携》。前者他是主編之一，後者是他的嫡傳弟子所著。

《梵字大鑑》書中自稱是屬慈雲流的書體，所使用的書體是依坂井榮信的活字體手本而來，並以其毛筆書寫的悉曇筆順爲書寫範例教學。其書寫法忠實地傳承自慈雲流的智滿。

本書所用主要字形也是坂井系統，主要原因有二：一是他的字形非常美觀；二是本書的主要目的之一在讓讀者能輕易且快速地學會悉曇字，以便閱讀《大正藏》裏的悉曇資料，因此選用與《大正藏》相同的字形。若論派系歸屬，這種字形也屬慈雲流。

而兒玉義隆師承坂井，他在書中自稱屬智滿流。所謂智滿流，如前所述，是當年慈雲流派的第一名筆，因此也屬慈雲流。

靜慈圓自稱承繼慈雲流的血脈，並上溯空海、惠果、不空、金剛智等。他的書裡收錄一幅悉曇中天相承血脈圖，從第一代的龍猛開始，龍智爲第二代，金剛智爲第三代，不空第四代，惠果第五代，之後東傳日本，弘法大師空海爲第六代，至慈雲飲光爲第四十六代，靜慈圓爲第五十二代。不過他在書上說坂井與兒玉屬澄禪流，

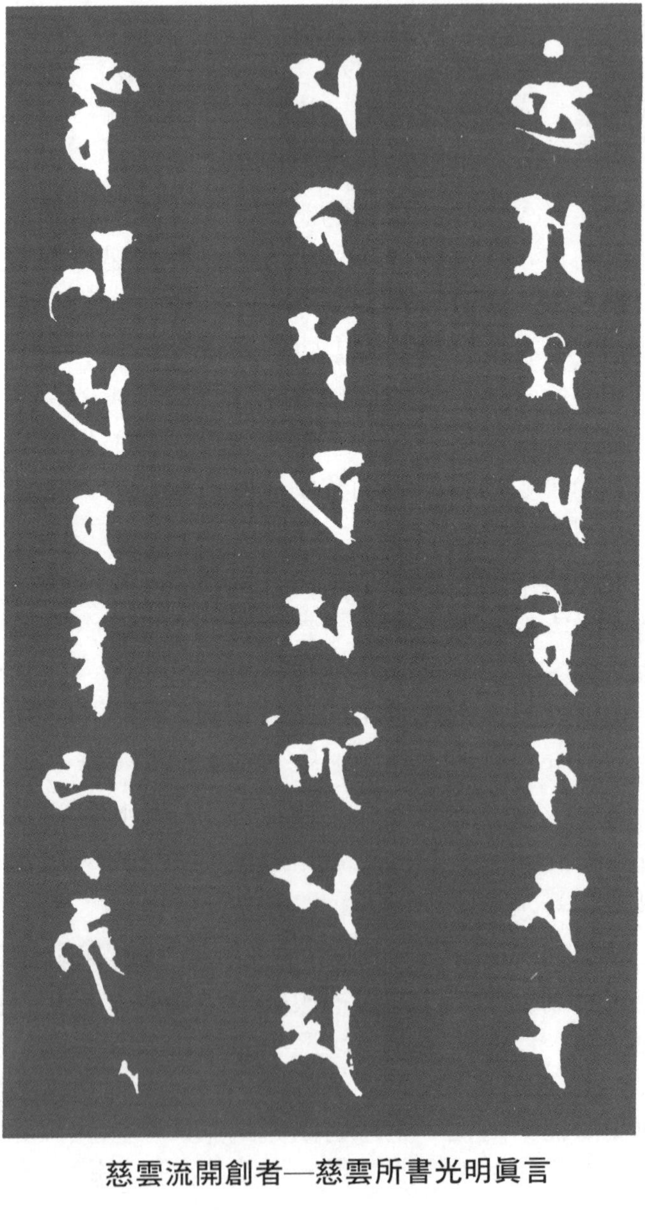

慈雲流開創者—慈雲所書光明眞言

是從智積院的澄禪，經醍醐寺的賢隆、祐譽，再傳至坂井與兒玉。此說法與其他書本的說法不同。

目前，在日本悉曇字體的流派中，發展與影響力最大的仍屬慈雲流。因此，常可見到一些書寫悉曇體的名家與著作，都標榜自己是慈雲流的嫡傳。

日本的悉曇字體現在仍相當普及，一些寺院常可見到以悉曇種子字代表各對應的佛、菩薩及天等，而《大正藏》中也所錄了大量的悉曇資料，一般人學習悉曇的熱潮仍在。以一九九一年九月十日初版的兒玉義隆（1949～ ）所著的《梵字必携》為例，到一九九八年六月二十日已發行了十三刷。對這種冷門書籍來說，是相當驚人的數字。由此也可見悉曇梵字在日本受重視的程度。

五、梵字在韓國的傳佈與發展

雖然史料記載，過去有直接去印度學習佛法的韓國僧人，也有印度僧人親臨韓國傳法，但韓國的佛教主要還是從中國傳來，所用經典也以漢譯經典爲主。

現在看到的資料中，韓國人在漢梵對照或韓漢梵對照時所用的梵文字體，主要以城體（Nāgarī）梵字爲主。韓國的佛教經典梵語資料主要收於《高麗大藏經》，該藏經中所收梵語資料就是城體字型。不過《大正藏》在參考《高麗大藏經》編寫時，依《日本大藏經》的習慣，也將所有城體梵字改成悉曇體梵字，因此《大正藏》除少數資料外，皆只見到悉曇字體。由於《大正藏》廣爲學界所接受，故新一代的韓國學者在研讀梵文時，也都會學悉曇體，甚至以悉曇體與羅馬拼音轉寫爲主。

若以真言咒語來說，映月望奎重刊的《真言集》目前在韓國最爲普及，在有關咒語的書籍中地位也最爲重要。此書就像早年日本與韓國的佛教著作一樣，是用漢文寫成的。不過所收的咒語都以梵文、漢文及諺文等三種文字逐字並排而列。所謂諺文，是韓國人稱呼韓國世宗皇帝於 1442 年制定，並於 1446 年公布的「訓民正音」中的韓國文字的名稱。

據李能和的《朝鮮佛教通史》所載，韓國早在隆慶三年（西元 1569 年）之前，就有收錄各種咒語的書籍如《真言集》等的出現。

由映月望奎化緣於嘉慶五年（西元 1800 年）重刊的

《真言集》，是龍巖和尚與其門人白巖禪師所著，由映月長老校證改寫。書分上下兩卷，除了收錄梵語字母的說明、阿字論、唵啊吽字論、悉曇解義總論及洪武韻字母之圖等文，還以梵、漢、韓對照的方式收了 292 個咒語。

茲錄《重刊真言集》的梵語字母表及《楞嚴咒的心咒》供參考，讀者自行比對即可看出這種所謂的城體（Nāgarī），與本書所談的悉曇體（Siddhaṃ）字型並不相同。最明顯的例子如母音部份的 a，ā，u，ū，o，au，aṃ，aḥ；及子音部分的 ch，j，jh，ñ，th，ph 等，不過也大致能看出兩者的關連。城體（Nāgarī）也不同於蘭札（Rañjana）體及天城（Deva- Nāgarī）體。

梵文字體的發展大約是先有悉曇體，次出現城體，再出現蘭札體，最後才發展出現今通用的天城體（Deva-Nāgarī）。

城體 50 字母（出自韓國《眞言集》（1800 年重刊））

母音			子音					
編號	羅馬拼音	城體字型	編號	羅馬拼音	城體字型	編號	羅馬拼音	城體字型
1	a		1	ka		18	da	
2	ā		2	kha		19	dha	
3	i		3	ga		20	na	
4	ī		4	gha		21	pa	
5	u		5	ṅa		22	pha	
6	ū		6	ca		23	ba	
7	ṛ		7	ccha		24	bha	
8	ṝ		8	ja		25	ma	
9	ḷ		9	jha		26	ya	
10	ḹ		10	ña		27	ra	
11	e		11	ṭa		28	la	
12	ai		12	ṭha		29	va	
13	o		13	ḍa		30	śa	
14	au		14	ḍha		31	ṣa	
15	aṃ		15	ṇa		32	sa	
16	aḥ		16	ta		33	ha	
			17	tha		34	kṣa	

城體〈正本楞嚴咒〉(出自韓國《眞言集》(1800 年重刊))

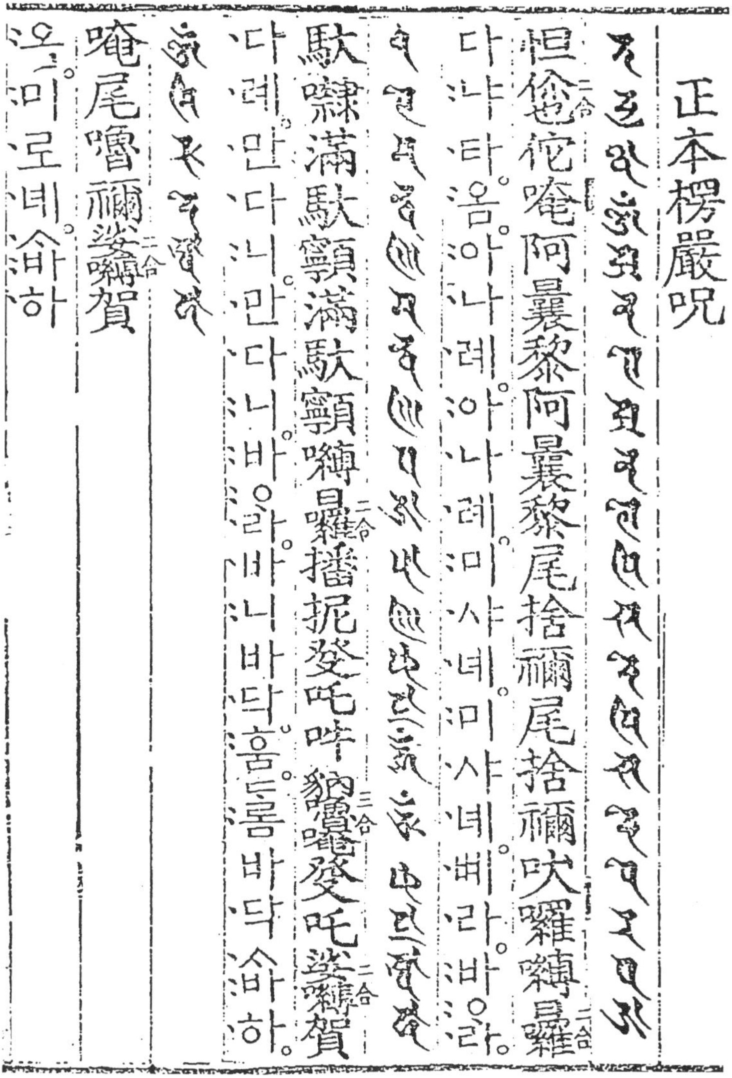

正本楞嚴呪

怛他(二合)佗唵阿羴黎阿羴黎尾捨禰尾捨禰吠囉嚩日囉(二合)

다냐타옴아나례아나례비사녜비사녜볘라바아라

馱隸滿馱顊滿馱顊嚩日囉(二合)播抳發吒吽咄嚕唵(三合)發吒娑嚩(二合)賀

다례반다니반다니바아라바니바닥훔드롬바닥사바하

唵尾嚕禰娑嚩(二合)賀

옴미로볘사바하

第二章
梵字悉曇的基本字母

一、梵字悉曇的基本字母

學習一種文字，不外乎從其文字的字形、發音及字義著手，而字形的書寫辨識與發音，更是入門的基礎。因此，在本章中，我們即將來認識梵字悉曇字母的書寫方法與發音。

關於梵字悉曇基本字母的字數，有主張四十二、四十六、四十七、四十九、五十、五十一字等，各家說法不同。本書採最廣的五十一字母爲基準，以求完整齊備。

此五十一字母，可分爲母音與子音兩種。計可分爲十六個母音及三十五個子音。所有梵字悉曇，即是由此五十一字母，再加上由十六個母音簡略而成的「母音符號」，互相組合變化所形成。

在梵文中，稱母音爲「摩多」(mātā)，而摩多又依其在《悉曇十八章》(古代練習梵字字母互相結合的範本)中應用的普遍性，分爲廣泛被使用的「通摩多」與只在第十六章使用的「別摩多」兩種。

子音則稱爲「體文」，這是因爲子音與母音相結合時，子音才是字形的主體，母音會簡略成點或劃的「摩多點畫」(即母音符號)，佈置在體文的上、下、左、右邊緣，因此將子音名爲「體文」。

在本章中，我們即將逐一認識梵字悉曇基本的五十一字母，及其發音方法。然而在正式介紹梵字發音前，爲了幫助初學者更迅速理解梵字發音的規則，我們先來了解一下梵字子音與英文子音發音之間的一點小差異。

每種語言都有它自己的特色，從其他語言的角度來看時，有時可能會覺得很怪異，但語言就是語言，我們必須尊重它個別的存在，而且每一種語言都同樣偉大，沒有那種語言比另一種優異的問題。正如《金剛經》所說：「諸法平等，無有高下。」

梵文的字母系統不能以英文字母的角度來看它，一個重要的差異是，一般的梵字子音字母自動會跟著一個 a 的母音在後面，除非其後接有一個去母音符號𑖿、𑖿 (梵文是 halanta) 。因此，c 自然會念成 ca，k 會念成 ka 等等。

本書是特別為中國人，尤其是學過英文或羅馬拼音的初學者編寫的，所以採取羅馬拼音子音後不接 a 的編寫法。希望讀者注意梵文與英文之間的這點差異，不過此問題只對初學者會有少許困惑，讀者在學到進階課程時，此問題自然消失。

梵字悉曇的母音

母音在梵語中稱為「摩多」，來自 mātā 一詞的音譯，也就是韻母的意思。

在梵字悉曇五十一個字母中，計有十六個字母屬於母音，其中：𑖀（a），𑖁（ā），𑖂（i），𑖃（ī），𑖄（u），𑖅（ū），𑖊（e），𑖋（ai），𑖌（o），𑖍（au）這十個，為各家皆有；再加上有些家有列，有些則無的𑖀𑖽（aṃ）與𑖀𑖾（aḥ）二字母，共十二個。

由於這十二個母音，在古代練習梵字字母互相結合的範本《悉曇十八章》的每一章中，被共通運用，所以又稱為「通摩多」。

除了上述十二個通多摩外，傳統上尚有稱為「別摩多」的𑖆（ṛ），𑖇（ṝ），𑖈（ḷ），𑖉（ḹ），以其只見於《悉曇十八章》中的第十六章，故而名為「別摩多」。也就是一般所謂四流音（Liguid Vowel）的四個母音字母。

以上十二個「通摩多」加上四個「別摩多」，合起來總共有十六個母音字母。

梵字悉曇的子音

梵字五十一個悉曇字母中，有三十五個子音字母，這些子音是組成梵字字形的主體，所以又稱為「體文」。

這三十五個子音字母的前二十五個子音，依其發音部位是喉、齶、舌、齒、唇之不同，可分為五組，傳統悉曇書裏稱它為「五類聲」，分別說明如下：

（1）喉音（guttural）：

由喉部發出聲音，即 k, kh, g, gh, ṅ 等五個子音（唐・釋智廣稱為牙聲）。

（2）口蓋音（palatals）：

由舌前端和上齶接觸所發之音，即 c, ch, j, jh, ñ 等五個子音（唐・釋智廣稱為齒聲）。

（3）反舌音（linguals）：

由舌前和上齶齒根上部處接觸時所發之音，即 ṭ, ṭh, ḍ, ḍh, ṇ 等五個子音（唐・釋智廣稱為喉聲）。

（4）齒音（dental）：

由舌前端和牙齒接觸所發之音，即 t, th, d, dh, n 等五個子音（唐・釋智廣稱爲舌聲）。

（5）唇音（labials）：

由兩唇間發出的破裂音，即 p, ph, b, bh, m 等五個子音（唐・釋智廣稱爲唇聲）。

這五組的發音部位由內往外，最先是喉部，其次舌碰上齶，再往前碰上齶近齒根上部處，再往前碰牙齒，最後到唇音。這是個很好、很有系統的分組法，也是種依音理而做的分組法。

五類聲中每類的第一、二字，爲該部位之「清音」（無聲之音），第三、四字屬該部位的「濁音」（有聲之音），第五字屬鼻音。而第二字與第四字，分別爲第一字與第三字的「有氣聲」（aspirate，也就是加有 h 的出氣音）。

所謂清音（無聲之音），簡單說是發音時聲帶不震動；而其所對應的濁音（有聲之音），即發音時聲帶要震動。以𑖎（ka）與𑖐（ga）的發音爲例，其中𑖎（ka）爲清音，𑖐（ga）則是屬於濁音。

而所謂有氣聲，是指發音時再加上出氣，在羅馬拼音轉寫時，以該字加 h 而成（即各該字後加 h 而成）。因此𑖎（ka）的出氣音爲𑖏（kha），而𑖐（ga）的出氣音爲𑖑（gha）。

綜合上述，將梵字悉曇 51 字母，依其母音、子音的分類，及發音部位及方法的不同，分門別類，以表列及圖繪方式臚列於后。(其中發音位置圖，不包含複合子音的𑖩𑖿𑖩𑖽（llaṃ）及𑖎𑖿𑖬（kṣa）二字。)

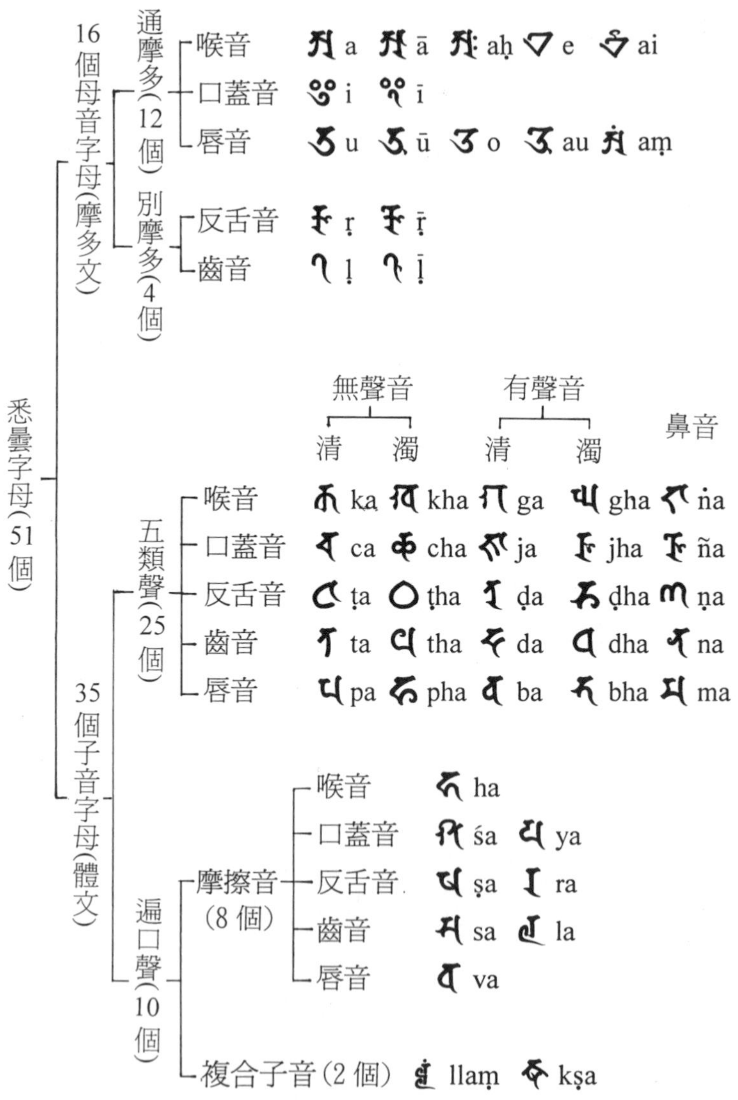
悉曇字母(51個)
16個母音字母(摩多文)
通摩多(12個)
喉音 a ā aḥ e ai
口蓋音 i ī
唇音 u ū o au aṃ
別摩多(4個)
反舌音 ṛ ṝ
齒音 ḷ ḹ
35個子音字母(體文)
無聲音 有聲音
清 濁 清 濁 鼻音
五類聲(25個)
喉音 ka kha ga gha ṅa
口蓋音 ca cha ja jha ña
反舌音 ṭa ṭha ḍa ḍha ṇa
齒音 ta tha da dha na
唇音 pa pha ba bha ma
遍口聲(10個)
摩擦音(8個)
喉音 ha
口蓋音 śa ya
反舌音 ṣa ra
齒音 sa la
唇音 va
複合子音(2個) llaṃ kṣa

梵字悉曇字母分類表

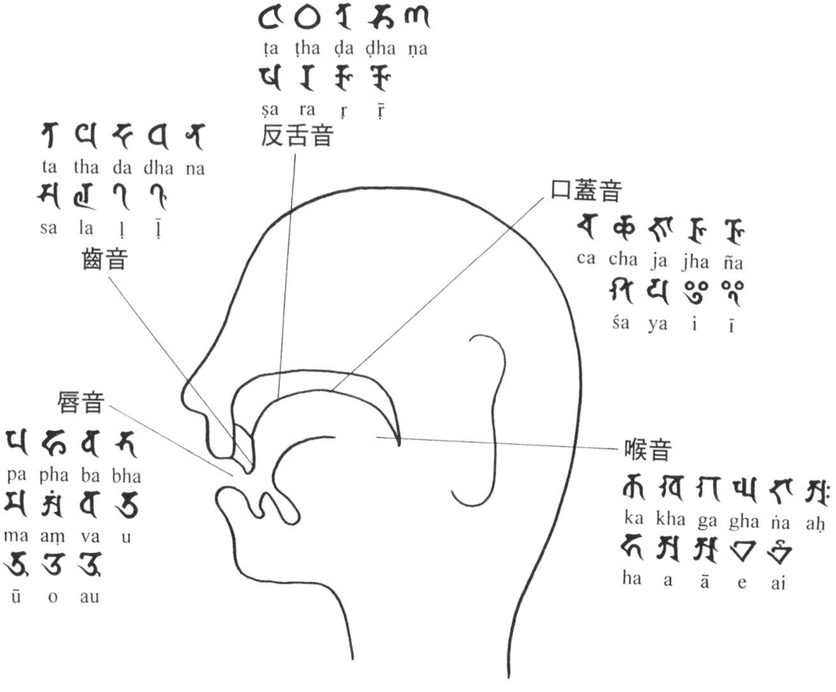

梵字悉曇字母發音位置圖

梵字的簡易發音要訣

由於梵文有五十一音，較漢文與英文來的多，所以，梵文中有些發音對我們來說，是比較難以發聲甚至是辨別的。然而，對一個初學另一種新語言者，其實大可不必爲了不能正確發音而感到沮喪，甚至放棄學習，因爲對大部份的學習者而言，無法正確發音，是很普遍及正常的現像。

爲了幫助初學者突破發音的困境，在此特別介紹一種簡單、易學的「近似發音法」，這種「近似」的發音，對非自幼學習梵文或未受過語音訓練的人來說，可能「近似」到與「正確」的發音幾乎沒有差別。只要瞭解筆者稱爲「近似發音」的簡單原則，就應該可以將梵文念得好，進而輕鬆地學會讀誦《大正藏》中的梵文專有名詞及真言。

這種做法，在中國歷代的譯經紀錄裏，已有人用過，並非筆者憑空獨創的。如法顯、曇無讖等人，即以同一漢文音譯一些字母組，像是 g，gh；j，jh；ḍ，ḍh；b，bh 等，只在每一組的後一字說明是重音。

由於梵字的書寫不太容易，所以多數的外國人常用羅馬拼音來學習或書寫梵文。而梵語中有很多音是英語沒有的，所以用羅馬字拼音時，只好藉（1）、加上特殊符號，（2）、用二個羅馬子音字連在一起，以表示另一個字母與發音。例如梵文除了常見的 s，還有上加一撇的 ś、下加一點的 ṣ，就是加特殊符號以表示它是另一個字母與發音的例子；而 th、dh 是用二個羅馬字連成一個，以表示它是另一個字母與發音的例子。

茲簡單說明羅馬拼音梵文的（一）母音、（二）子音的近似發音法原則。

(一) 母音近似發音法原則

1. 母音的念法與羅馬拼音相同；但上面加有一橫劃「—」的字母要念成長音，如 ā，ī，ū。
2. 複合母音念法也同羅馬拼音。
3. 梵語有幾個特殊母音，在咒語裏較常用的是 r 下方加一點的「ṛ」，念做 ri。另三個特殊母音：ṝ 念做 rī，是 ri 的長音；ḷ 念做 li；ḹ 念做 lī，是 li 的長音；此三者使用的機會很少。

(二) 子音近似發音法原則

1. 子音的念法大致與羅馬拼音相同，但下列三種特殊字母要注意：

（1）與羅馬字相同但發音不同的子音：

① c 與國語注音的「ㄐ」接近，但也有將它發成很接近「ㄑ」音的情形。特別要注意的是，切勿將 c 發成類似 cat 或 Canada 中的 k 音。

② j 與英語的 judge 的 j 很接近，但請勿將它念成德語的 j。

③梵語的 v 音接近英語的 w。（德語中則反過來將 w 發成英語的 v 音。）

（2）用二個羅馬拼音子音連在一起組成的梵文特殊子音：

①以梵文字母的 d 與 dh 爲例，d 的念法與羅馬拼音同，但 dh 是 d 加上出氣音，把此音當成「d」與「h」連續念在一起時，其發音就與標準梵音差不多。以近似發音法來念 dh 時，把它念成「d」就可以。

②類似的情形在梵語子音第二行與第四行，共有十個這種子音，即 kh、gh、ch、jh、ṭh、ḍh、th、dh、ph、bh 共十個。這些 h 都是加上出氣音的意思，因此可以把它念成沒有 h 的第一行與第三行子音字母相同的音，即 k、g、c、j、ṭ、ḍ、t、d、p、b。

③請記得此十個音是梵語特有的音，每個子音皆是單獨的存在，並有自己獨立的寫法，並不等於將「k + h」兩個子音合起來的「二合」字。而且由兩個羅馬子音字母合寫成的「單子音」也只有這十個。（另一特例是 ś 有時轉寫成爲 sh。）

除了這十個和 llaṃ、kṣa 兩個「複合子音」，其他兩個羅馬子音連寫的字，都是由兩個梵文子音組成的二合字。

（3）在羅馬字之上或下加上特殊符號組成的梵語特殊子音：

①除 t 與 d 外，梵文另有 ṭ 與 ḍ，即在字母下面加上一點的獨立子音字母。(也有 ṭh、ḍh 二個單子音)

雖然這兩個字母的正確發音與「t，d」稍有不同，但是，將它們發成與「t，d」同音就很接近了。

②不論是在下方加一點的 ṃ，或上加一點的 ṁ，把它當成 m 來念就可以了。

③梵文有四種 n，也就是一般常見的 n、上面加一點的

ṅ、下面加一點的 ṇ 及上面有「～」記號的 ñ 共四種。不過以近似發音法來念時，將此四音全發成一般的 n 音就可以了。(ñ 念成 ny(a)，ṅ 念成 ng 更好)

④ 雅語的梵文有三種 s，即 s 上加一撇的 ś，下加一點的 ṣ 及一般常見的 s。ś 與 ṣ 二者發音相當接近英語的 sh，所以近年也有人逐漸不用 ś 與 ṣ，而改用 sh。以近似發音法的角度看，把它當成同一發音，皆發 s 就可。

◎ 近似發音法要訣

綜合以上所說，可總結四點羅馬拼音之梵文近似發音法原則如下：

1. 所有的母音皆依羅馬拼音念。而母音上加有"一"符號的要念長音，上加一線的長音只有 ā，ī，ū 三個。

   另外四個特殊母音 ṛ 念做 ri；ṝ 念做 rī，是 ri 的長音；ḷ 念做 li；ḹ 念做 lī，是 li 的長音。

2. 所有的子音皆依羅馬拼音念，但注意 c 與 v 的發音：c 接近國音的ㄐ或ㄑ，而 v 則接近國音的ㄨ或英語的 w。

3. 所有上下有符號的特殊子音，皆依未加上符號的念法發音。

   不過 ś、ñ 與 ṅ 三者，對學過英語的人來說可輕易掌握正確發音，ś 念做 sh，ñ 念做 canyon 中的 ny，ṅ 念做 sing 中的 ng。

4. 附有 h 於羅馬拼音字母之後的十個特殊子音，皆可依未加上 h 的念法發音。

這些字共有 kh、gh、ch、jh、ṭh、ḍh、th、dh、ph 及 bh 十個。

梵文近似發音對照表

	閉音					開音					
	無聲音		有聲音			無聲音	有聲音				
	子音							母音			
	無氣音	有氣音	無氣音	有氣音	鼻音	摩擦音					
喉音	𑖎	𑖏	𑖐	𑖑	𑖒	𑖀𑖾	𑖮	𑖀	𑖁	𑖊	𑖋
	ka	kha	ga	gha	ṅa	aḥ	ha	a	ā	e	ai
近似發音	ka		ga		na	ah	ha	a	ā	e	ai
口蓋音	𑖓	𑖔	𑖕	𑖖	𑖗	𑖫	𑖧	𑖂	𑖃		
	ca	cha	ja	jha	ña	śa	ya	i	ī		
近似發音	ca		ja		nya	sha	ya	i	ī		
反舌音	𑖘	𑖙	𑖚	𑖛	𑖜	𑖬	𑖨	𑖆	𑖇		
	ṭa	ṭha	ḍa	ḍha	ṇa	ṣa	ra	ṛ	ṝ		
近似發音	ta		da		na	sha	ra	ri	rī		
齒音	𑖝	𑖞	𑖟	𑖠	𑖡	𑖭	𑖩	𑖈	𑖉		
	ta	tha	da	dha	na	sa	la	ḷ	ḹ		
近似發音	ta		da		na	sa	la	li	lī		
唇音	𑖢	𑖣	𑖤	𑖥	𑖦	𑖀𑖽	𑖪	𑖄	𑖅	𑖌	𑖍
	pa	pha	ba	bha	ma	aṃ	va	u	ū	o	au
近似發音	pa		ba		ma	am	va	u	ū	o	au

二、 梵字悉曇字母逐字解說

在本節中，即按母音(16 個)、子音(35 個)的分類，逐字解說梵字悉曇五十一個字母，它的發音要訣及書寫方法。

其編排的方式，是每一個字母以兩頁的篇幅作詳細的介紹與說明，內容分為八個部份。版面形式範例如下：

1. 梵字字母：

分為悉曇 16 個母音和悉曇 35 個子音兩部分，並特別於字母下緣的長框中，標註為母音或子音，以及其依序的編號號碼。

而梵字字母的右邊有四個大方格，分別介紹該悉曇字母所對應的：

(1) 羅馬拼音：即由此字母的發音所轉寫成的羅馬拼音符號。

(2) 天城體：即現今印度使用的文字字體。

(3) 西藏文：即西藏書寫咒語用的藏文，透過字母對照，將有助於學習、閱讀藏文咒語。

(4) 蘭札體字形：蘭札體字形在西藏一直被當作聖字使用，常被用來書寫咒輪及經典封面的題字等等，因此特地將其與梵字悉曇字母對照，以便讀者可自行對照辨識。

2. 筆順示範：

以圖形及編號表示該字母的書寫步驟及順序。

3. 筆順說明：

以文字詳細說明該字母的結構、書寫時應注意的要領與技巧。

4. 異體字：

與所介紹的梵字字母是同一個字母，但寫法不同。

5. 發音要訣[1]：

除了註明該字母是屬母音或子音等類別外，並列舉英文及中文中與此字母發音相類似的字爲例，詳細說明該字母的發音。

6. 近似字：

與所介紹的梵字字母是不同的字，但形狀相似，以方便初學者分別與辨識。

7. 以此梵字為種子字的諸尊：

在此列舉以此悉曇字爲種子字的諸佛、菩薩或護世諸尊，以供參考。

8. 常見字形例：

此部份共列舉唐代到現代四種書寫梵字悉曇的字形例。依序是：

（1） 唐代釋智廣著《悉曇字記》中的字體，是日本平安時代入唐八家之圓行（794~852）請回的字跡。

（2） 日本弘法大師空海（774~835）的字跡。

（3） 日本田久保周譽《梵字悉曇》中的「訂正悉曇字」。

（4） 日本坂井榮信的悉曇字。據說戰後所出的《大正藏》所收悉曇字即爲他書寫的字體。

註解：

1 印度目前主要使用印度語，雖然梵語至今在印度仍使用中，但情形有些像拉丁文在歐洲一樣，主要用於學術上或學者間的溝通上。印度幅員廣大，就像中國各地同樣使用漢文但發音卻有相當差異一樣，各地對同一印度語或梵語會有不同的發音。本書所介紹的梵語發音法，是目前國際學界爲較大多數人接受的方法，對初學者以及只想能看懂、念誦《大正藏》悉曇字的人來說，使用這種發音法應該就夠了。畢竟一、兩千年前梵語的真正發音，我們實在無法知道，何況那一地區的人使用的梵語才是正確發音也無一個標準。

悉 曇 母 音 1

a	अ	ཨ	
羅馬拼音	天城體	西藏文	蘭札體

筆順示範：

① ② ③ ④ ⑤

筆順說明：

1.𑖀（a）的結構，可略分爲左半部及右半部。
2.左半部的筆順有點類似中國字「不」，但筆劃長短比例則不同。
3.右半部的一豎，配合左半部的長短自然直下。最後一撇的筆順，是從左上方往右下方寫。

異體字：

發音要訣：(短母音－喉音)

𑖀（a）的發音，在各種不同梵語教科書裡說法各異，一般都說其發音如英語 but, cup 中的 u，但也有人說如 organ, what 中的 a，或 America 中的第一個 a。嚴格說，此字在漢語中可能沒有完全對等之音，有人說它相當於國語注音符號「ㄛ」之短讀，但大多數的人常將此字讀做「ㄚ」或「啊」的短音。

近似字：

𑖁（ā）

𑖀（a）與𑖁（ā）的差異，在於𑖁（ā）的右上角多一長音符號「◌𑖯」。

以𑖀（a）為種子字的諸尊：

胎藏界大日如來、寶幢如來、虛空藏菩薩、日光菩薩、深沙大將、日天、阿修羅、水天、參宿等。

常見字形例：

《悉曇字記》釋智廣	弘法大師空海	《梵字悉曇》田久保周譽	坂井榮信
𑖀	𑖀	𑖀	𑖀

悉曇母音 2

ā	आ	ཨཱ	
羅馬拼音	天城體	西藏文	蘭札體

筆順示範：

① ② ③ ④ ⑤ ⑥

筆順說明：

1.𑖁（ā）的筆順、結構，與悉曇母音 1 號的𑖀（a）大致相同，可略分爲左半部及右半部。
2.左半部的筆順有點類似中國字「不」，但筆劃長短比例則不同。
3.右半部的一豎，配合左半部的長短自然直下。末端的一劃，是從左上方往右下方寫。
4.最後一筆長音符號是從右上方朝內再往右下方寫。

異體字：

發音要訣：(長母音－喉音)

𑖁（ā）是悉曇母音 1 號的𑖀（a）加上右上角的長音符號 ◌𑖯而成𑖁（ā），其羅馬拼音爲 a 上加一橫線「-」而成 ā。發音如英語 far, father 中的 a，也相當於國語注音符號「ㄚ」或中國字「啊」的長音。

近似字：

𑖀（a）

𑖁（ā）與𑖀（a）的差異，在於𑖁（ā）的右上角多一長音符號「◌𑖯」。

以𑖁（ā）爲種子字的諸尊：

開敷花王如來。

常見字形例：

《悉曇字記》釋智廣	弘法大師空海	《梵字悉曇》田久保周譽	坂井榮信

悉曇母音 3

i	इ	ཨི	
羅馬拼音	天城體	西藏文	蘭札體

筆順示範：

① ② ③

筆順說明：

1.𑖂（i）的結構，可略分爲上半部及下半部。
2.上半部是兩個對稱的圓圈，先寫左圓，再寫右圓。
3.下半部的形狀與寫法，有點類似躺著的標點符號問號，但不要最後的一點。

異體字：

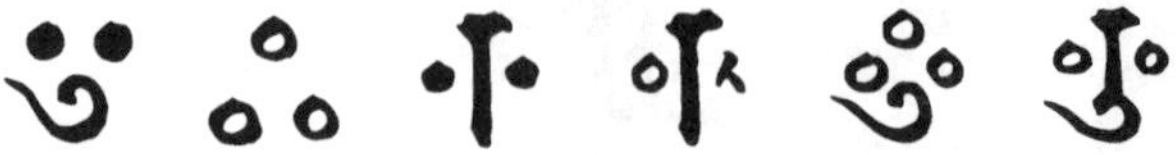

(請參考 72 頁𑖃（ī）的異體字部份之說明)

發音要訣：(短母音－口蓋音)

𑖂（i）的發音如英語 pin、machine、in 中的 i，也類似國語注音符號「一」或中國字「衣」的短音。

近似字：

𑖃（ī）

𑖂（i）與𑖃（ī）的差異，在於下面一筆旋劃出去的方向，短音𑖂（i）朝左上，長音𑖃（ī）向右下。

以𑖂（i）爲種子字的諸尊：

地藏菩薩、伊舍那天。

常見字形例：

《悉曇字記》釋智廣	弘法大師空海	《梵字悉曇》田久保周譽	坂井榮信

悉曇母音 4

羅馬拼音	天城體	西藏文	蘭札體
ī	ई	ཨཱི	

筆順示範：

① ② ③

筆順說明：

1.（ī）的結構，可略分為上半部及下半部。

2.上半部的寫法與悉曇母音 3 號的（i）相同，是兩個對稱的圓圈，先寫左圓，再寫右圓。

3.下半部類似標點符號問號，但一勾要往右撇，並去掉問號下方的一點。

異體字：

本字的異體字不少，其中上列第 5 字有典故。北京王邦維教授在《梵字悉曇入門》一書的序中，引用苑咸”＜酬王維＞一詩，其第二句為「三點成伊猶有想」，所謂「三點成伊」應該就是指第五個字，即三個點組成一個 ī (伊)字。請參考 73 頁釋智廣的字型。

發音要訣：(長母音－口蓋音)

𑖃（ī）是悉曇母音 3 號𑖂（i）的長音，其羅馬拼音是 i 上去掉點，再加一橫線「-」而成 ī。發音如英語 beet 中的 ee，或 police 中的 i。也相當於國語注音符號「ㄧ」或中國字「衣」的長音。

近似字：

𑖂（i）

𑖃（ī）與𑖂（i）的差異，在於下面一筆旋劃出去的方向，短音𑖂（i）朝左上，長音𑖃（ī）向右下。

以𑖃（ī）爲種子字的諸尊：

護讚地藏菩薩、帝釋天。

常見字形例：

《悉曇字記》釋智廣	弘法大師空海	《梵字悉曇》田久保周譽	坂井榮信

悉曇母音 5

u	उ	ཨུ	
羅馬拼音	天城體	西藏文	蘭札體

筆順示範：

①　　②

筆順說明：

（u）有些類似中國字「了」，但最後勾起的一劃要向左上方拉高一點。

異體字：

發音要訣：(短母音－唇音)

𑖄（u）的發音如英語 push、put、suit、full、bush 中的 u，或 book 中的 oo。也略似國語注音符號「ㄨ」或中國字「烏」的短音。

近似字：

𑖌（o）

𑖄（u）與𑖌（o）的差異在於起筆處，𑖌（o）的起筆先由內側劃一弧形，而𑖄（u）沒有；此外𑖌（o）的第一筆橫劃較長，而𑖄（u）較短。

以𑖄（u）為種子字的諸尊：

烏波髻設尼童子、烏波難陀龍王。

常見字形例：

《悉曇字記》 釋智廣	弘法大師 空海	《梵字悉曇》 田久保周譽	坂井榮信

悉曇母音 6

羅馬拼音	天城體	西藏文	蘭札體
ū	ऊ	ཨཱུ	

筆順示範：

① ② ③

筆順說明：

𑖅（ū）與悉曇母音 5 號𑖄（u）的筆順相同，但須在右下方加上長音符號「」。

異體字：

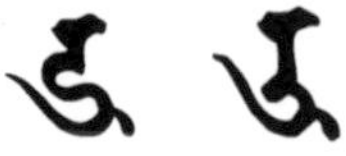

發音要訣：(長母音－唇音)

（ū）是悉曇母音 5 號（u）的長音，其羅馬拼音是在 u 的上面加一橫劃「-」而成 ū。發音如英語 rule、rude 中的 u，或 pool 中的 oo。也類似國語注音符號「ㄨ」或中國字「烏」的長音。

近似字：

（au）

（ū）與（au）的差異在於起筆處，（au）的寫法先由內往外劃一弧形。此外（au）的第一筆橫劃較長，而（ū）較短。

常見字形例：

《悉曇字記》 釋智廣	弘法大師 空海	《梵字悉曇》 田久保周譽	坂井榮信

悉曇母音 7

羅馬拼音	天城體	西藏文	蘭札體
ṛ			

筆順示範：

① ② ③

筆順說明：

1.（ṛ）的結構可分爲兩部分。
2.第一部分爲兩筆劃，看起來有點類似英文字母大寫「I」，但「I」的最後一筆由左上往右下方斜劃。
3.第二部分以一筆劃完成，在「I」中央處由左往右穿過直豎劃一橫，然後加上一勾。

異體字：

發音要訣：(短母音－反舌音)

𑖊（ṛ）的羅馬拼音是英文字母 r 下加一點而成 ṛ，請記得此特殊字母是母音，而非子音。其發音如英語 rita、river 中的 ri。據說此音的正確發音在挪威、瑞典的方言中有，其他語言中則很少見，是梵語與現今北印度印第語（Hindi）中特有的音。

近似字：

𑖋（ṝ） 𑖘（jha） 𑖙（ña）

母音第 7 字𑖊（ṛ）與母音第 8 字𑖋（ṝ）、子音第 9 字𑖘（jha）及子音第 10 字𑖙（ña）非常相似。

𑖊（ṛ）與𑖋（ṝ）的差異在𑖋（ṝ）的第一筆起筆須往內勾。𑖊（ṛ）與𑖘（jha）的差異在中間的橫劃，𑖊（ṛ）的橫畫須穿過中間一豎，而𑖘（jha）是由中間一豎起筆。𑖊（ṛ）與𑖙（ña）的差異，除了在𑖙（ña）的第一筆起筆須往內勾外，𑖙（ña）的中間一劃也與𑖘（jha）一樣，是由中間一豎起筆，而不穿越中間一豎。

常見字形例：

《悉曇字記》釋智廣	弘法大師空海	《梵字悉曇》田久保周譽	坂井榮信

悉曇母音 8

羅馬拼音	天城體	西藏文	蘭札體
ṝ	ॠ		

筆順示範：

①　②　③

筆順說明：

（ṝ）與（ṛ）的筆順大致相同，其不同處在於第一筆起筆處須向內勾。

異體字：

發音要訣：(長母音－反舌音)

𑖌（ṝ）是悉曇母音 7 號𑖋（ṛ）的長音，其羅馬拼音是 ṛ 的上方加一橫劃「-」而成 ṝ，請記得此字母是母音而非子音。發音如英語 river、marine 中的 ri，此音與悉曇母音 7 號的𑖋（ṛ）相同，但音要念長一些。

近似字：

𑖋（ṛ） 𑖗（ña） 𑖖（jha）

母音第 8 字𑖌（ṝ）與母音第 7 字𑖋（ṛ）、子音第 9 字𑖖（jha）及子音第 10 字𑖗（ña）非常相似。

𑖌（ṝ）與𑖋（ṛ）的差異在𑖌（ṝ）的第一筆起筆須往內勾。𑖌（ṝ）與𑖗（ña）的差異在中間的橫劃，𑖌（ṝ）的橫畫須穿過中間一豎，而𑖗（ña）是由中間一豎起筆。𑖌（ṝ）與𑖖（jha）的差異，除了在𑖌（ṝ）的第一筆起筆須往內勾外，𑖖（jha）的中間一劃也與𑖗（ña）一樣是由中間一豎起筆，而不穿越中間一豎。

常見字形例：

《悉曇字記》釋智廣	弘法大師空海	《梵字悉曇》田久保周譽	坂井榮信

悉曇母音　9

ḷ	ऌ	ལྀ	
羅馬拼音	天城體	西藏文	蘭札體

筆順示範：

①

筆順說明：

𑖈（ḷ）以一筆劃完成，由左至右劃個類似耳朵的形狀。

異體字：

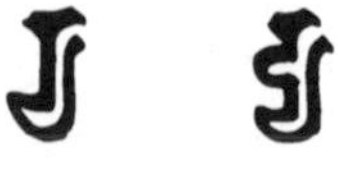

發音要訣：(短母音－齒音)

（ḷ）的羅馬拼音是在英文字母 l 下加一點而成 ḷ，請記得此特殊字母是母音，而非子音。其發音如英語 jewelry 中的 lry，或如 lree。

近似字：

（ḹ）

（ḷ）與（ḹ）的差異，在於（ḹ）的右側多一點長音符號「、」。

常見字形例：

《悉曇字記》釋智廣	弘法大師空海	《梵字悉曇》田久保周譽	坂井榮信

悉曇母音 10

羅馬拼音	天城體	西藏文	蘭札體
ḹ			

筆順示範：

①

②

筆順說明：

（ḹ）是在悉曇母音第 9 號字（ḷ）的右側中央處加上長音符號「」。

異體字：無

發音要訣：(長母音－齒音)

𑖉（ḹ）是悉曇母音 9 號𑖈（ḷ）的長音，其羅馬拼音是 l 的上方加一橫劃「-」而成 ḹ，請記得此特殊字母是母音，而非子音。其發音如在英語 jewelry 中的 lry、或如 lree，不過音稍長。

此音使用的非常少，因此有些新的梵語字母書將此字母省略掉。

近似字：

（ḷ）

𑖉（ḹ）與𑖈（ḷ）的差異，在於𑖉（ḹ）的右側多一長音符號「□ˎ」。

常見字形例：

《悉曇字記》釋智廣	弘法大師 空海	《梵字悉曇》田久保周譽	坂井榮信

悉曇母音 11

羅馬拼音	天城體	西藏文	蘭札體
e	ए	ཨེ	

筆順示範：

① ② ③

筆順說明：

1.（e）由三筆劃完成，形狀看似倒三角形。
2.第一劃先寫一橫，起筆須注意要由內往上勾。
3.接著第二劃是往左下約 45 度拉直。
4.第三劃由左上方以 45 度的角度向右下方劃下，記得要在左上方留一個小缺口。

異體字：

發音要訣：(長母音－喉音)

（e）的發音如英語 they、get、there 中的 e，或 day 中的 ay，或 gate 中的 a。也類似國語注音符號「ㄟ」的音值。

此音本來就是長音，所以有些漢譯會在其後加個小「引」字。

近似字：

（ai）

（e）與（ai）的差異，在於（ai）的上方多一彎勾。

以（e）爲種子字的諸尊：

一髻羅刹。

常見字形例：

《悉曇字記》釋智廣	弘法大師空海	《梵字悉曇》田久保周譽	坂井榮信

悉曇母音 12

ai	ऐ	ཨཻ	
羅馬拼音	天城體	西藏文	蘭札體

筆順示範：

① ② ③ ④

筆順說明：

1.（ai）看起來像個衣架子。

2.前三筆的寫法與悉曇母音 11 號的（e）相同。第一劃先寫一橫，接著第二筆是往左下拉。第三劃由 45 度的位置由左上往右下劃下，左上方留一個小缺口。

3.第四筆再於上方加一個「反問號」形，像個衣架掛勾。

異體字：

發音要訣：(長母音－喉音)

𑖋（ai）的發音如英語 aisle 中的 ai 或 my 中的 y，也相當於國語注音符號複韻母「ㄞ」。

近似字：

𑖊（e）

𑖋（ai）與𑖊（e）的差異，在於上方的彎勾。

以𑖊（e）為種子字的諸尊：

帝釋女。

常見字形例：

《悉曇字記》 釋智廣	弘法大師 空海	《梵字悉曇》 田久保周譽	坂井榮信

悉曇母音 13

o	ओ	ཨོ	
羅馬拼音	天城體	西藏文	蘭札體

筆順示範：

①

②

筆順說明：

𑖌（o）與𑖄（u）的寫法類似，皆像中國字「了」，但是𑖌（o）的起筆處須向內勾。

異體字：

發音要訣：(長母音－唇音)

𑖌（o）的發音如英語 go、 pole、stone 中的 o, 也相當於國語注音符號「ㄡ」或中國字「歐」的讀音。

此音本來就是長音，所以有些漢譯會在其後加個小「引」字。

近似字：

𑖄（u）

𑖌（o）與𑖄（u）的差異，在於起筆處，𑖌（o）的起筆是由內勾出，而𑖄（u）沒有；此外𑖌（o）的第一筆橫劃較長，而𑖄（u）較短。

以𑖌（o）為種子字的諸尊：

忿怒鉤觀自在菩薩。

常見字形例：

《悉曇字記》釋智廣	弘法大師空海	《梵字悉曇》田久保周譽	坂井榮信

悉曇母音 14

羅馬拼音	天城體	西藏文	蘭札體
au	औ	ཨཽ	

筆順示範：

① ② ③

筆順說明：

𑖌（au）的寫法，前面兩筆與悉曇母音 13 號的𑖋（o）相同，都是先寫一類似中國字「了」，最後在右下方加上一點「□⸜」而成𑖌（au）。

異體字：

發音要訣：(長母音－唇音)

𑖍（au）的發音如英語 how、now 中的 ow，或 loud 中的 ou。也相當於國語注音符號複韻母「ㄠ」或中國字「凹」的發音。

近似字：

（ū）

𑖍（au）與𑖅（ū）的差異，在於𑖍（au）的起筆是由內勾出，同時筆劃也比較長。

常見字形例：

《悉曇字記》釋智廣	弘法大師空海	《梵字悉曇》田久保周譽	坂井榮信

悉曇母音 15

aṃ	अं	ཨཾ	
羅馬拼音	天城體	西藏文	蘭札體

筆順示範：

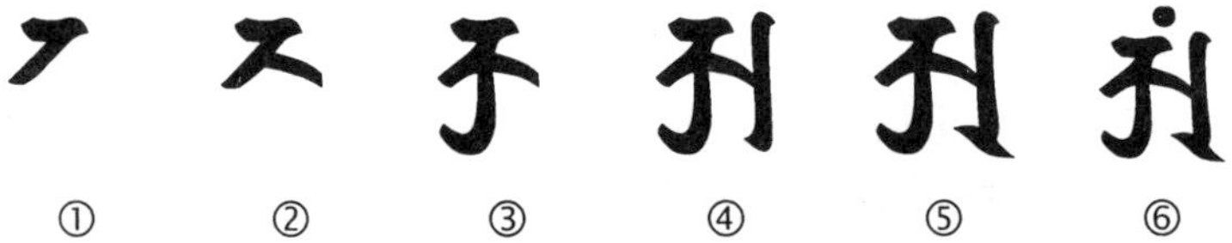

筆順說明：

1.（aṃ）與悉曇母音 1 號的（a）寫法一樣，但上方加了一點「」，此點有人稱之爲「空點」。
2.（aṃ）的結構，可略分爲左半部及右半部。左半部的筆順有點類似中國字「不」，但筆劃長短比例則不同。
3.右半部的一豎，配合左半部的長短自然直下。最後一畫的筆順，是從左上方往右下方寫。
4.最後在上方中央處加上一點。

異體字：

與皆爲 aṃ 的摩多點畫（母音符號），前者稱爲空點，後者類似一個仰月加點，因此被稱爲仰月點。

發音要訣：(短母音－唇音)

𑖀𑖽(aṃ)的羅馬拼音爲 aṃ。其中 m 爲下加一點的 ṃ，讀音如法文 bon 中的共鳴鼻音 on。以前有人將點加在 m 之上成爲 ṁ，可能是因悉曇字𑖀𑖽（aṃ）的母音符號（◌𑖽）就是點在上方的，稱之爲「空點」(有關母音符號請詳參《簡易學梵字・進階篇》)。但近年來羅馬拼音幾乎全改成點在下的 ṃ。此字上方的「空點」（ṃ）梵語名爲 anusvara，翻作「隨韻（母音）」，因爲 ṃ 必須伴隨母音發音。

近似字：

𑖀（a）

𑖀𑖽（aṃ）與𑖀（a）的差異，在於上方多了一點。

以𑖀𑖽（aṃ）爲種子字的諸尊：

無量壽如來、普賢菩薩、藥上菩薩、除憂闇菩薩、一切如來智印。

常見字形例：

《悉曇字記》釋智廣	弘法大師空海	《梵字悉曇》田久保周譽	坂井榮信

悉曇母音 16

aḥ	अः	ཨཿ	
羅馬拼音	天城體	西藏文	蘭札體

筆順示範：

① ② ③ ④ ⑤ ⑥

筆順說明：

1.𑖀𑖾（aḥ）的寫法，是在悉曇母音 1 號𑖀（a）的右側平均地加上兩點「□:」，有人稱此二點爲涅槃點。
2.𑖀𑖾（aḥ）的結構，可略分爲左半部及右半部。左半部的筆順有點類似中國字「不」，但筆劃長短比例則不同。
3.右半部的一豎，配合左半部的長短自然直下。最後一撇的筆順，是從左上方往右下方寫。
4.最後在右側平均加上兩點，先點下面一點，再點上面一點。

異體字：

發音要訣：(長母音－喉音)

𑖀𑖾（aḥ）的羅馬拼音是在 h 的下方加一點而成 ḥ，是個用於字尾的 h 音。悉曇字用兩點「□:」表示，稱之爲「涅槃點」，梵語名爲 visarga，一般譯作「止音」。有人說𑖀𑖾（aḥ）發音如英文 aha，然而雖有部份人如是發 aḥ 的音，但多半的人則念成 ah，二者差異在後者有母音 a。

近似字：

𑖀（a）

𑖀𑖾（aḥ）與𑖀（a）的差異，在於右側多了兩點「□:」。

以𑖀𑖾（aḥ）爲種子字的諸尊：

天鼓雷音如來、不空成就如來、虛空藏菩薩、除蓋障菩薩、不空見菩薩、羯磨波羅蜜菩薩、金剛燒香菩薩。

常見字形例：

《悉曇字記》釋智廣	弘法大師空海	《梵字悉曇》田久保周譽	坂井榮信
𑖀𑖾	𑖀𑖾	𑖀𑖾	𑖀𑖾

悉曇子音 1

ka	क	ཀ	
羅馬拼音	天城體	西藏文	蘭札體

筆順示範：

① ② ③

筆順說明：

𑖎（ka）有三筆劃，前二筆類似中國字「丁」，第三筆由「丁」的最後勾處，向上劃個弧形，然後直下再稍向右彎。

異體字：

發音要訣：(子音－喉音)

𑖎（ka）的發音如英語 key、kill、seek 中的 k，也相當於國語注音符號「ㄎ」或中國字「克」的音值。

近似字：

此字沒有與其他字相似的情況，但是其接續半體的上半體字形（、）與原本𑖎（ka）字的字形差異頗大。

幾乎所有悉曇字的接續半體，都與原來字形相近，但此字例外，所以在這裡提醒初學者留意。(詳情請參考《簡易學梵字・進階篇》)

以𑖎（ka）為種子字的諸尊：

十一面觀音、普賢菩薩、寶冠菩薩、如來悲菩薩、馬鳴菩薩、黑暗天女。

常見字形例：

《悉曇字記》釋智廣	弘法大師空海	《梵字悉曇》田久保周譽	坂井榮信

悉曇子音 2

kha	ख	ཁ	
羅馬拼音	天城體	西藏文	蘭札體

筆順示範：

①　②　③　④

筆順說明：

1.（kha）有些像漢文的「何」字，其結構大致分爲左半部及右半部。

2.左半部類似寫中國字部首「人」，然後由上方加一橫劃連接右半部，該橫劃至右端時，順勢往左劃個半圓。最後以稍向右傾斜的一豎結束。

異體字：無

發音要訣：(子音－喉音)

𑖏（kha）的發音如英語 bunkhouse 中的 kh。相當於先唸國語注音符號的「ㄎ」，接著唸「ㄏ」的音值；也就是唸出「ㄎ」後接上吐出顯明或較長的氣息之出氣音；亦即發悉曇字音 1 號的𑖎（ka）音再加上出氣音。

近似字：

𑖐（ga） 𑖫（śa）

𑖏（kha）與𑖐（ga）的差異，在於𑖏（kha）的右側多一個半圓的筆劃。𑖏（kha）與𑖫（śa）差異在上面的左右連結，改一直橫爲一半圓形，且差一個凸出的肚子。

以𑖏（kha）爲種子字的諸尊：

慢金剛菩薩、難破天、不可越守護。

常見字形例：

《悉曇字記》 ＜釋智廣	弘法大師 空海	《梵字悉曇》 田久保周譽	坂井榮信

悉曇子音 3

ga	ग	ག	
羅馬拼音	天城體	西藏文	蘭札體

筆順示範：

① ② ③

筆順說明：

1.（ga）的結構可略分為左半部及右半部。
2.先寫一個類似中國字部首「人」，接著在上方劃一橫，再順勢一豎而下。

異體字：

發音要訣：(子音－喉音)

𑖐（ga）的發音如英語 get、go、dog 中的 g。有點類似國語注音符號「ㄍ」或中國字「革」的音值，嚴格地說，國語中並無此對應音，但台語裡有，如台語的「我」，念成 gua，即此音。

近似字：

（śa）

𑖐（ga）與𑖫（śa）的差異在於上方連結左右兩邊的橫劃，𑖐（ga）是平直的，而𑖫（śa）是半圓形的。

以𑖐（ga）爲種子字的諸尊：

佛眼佛母、生念處菩薩、塗香菩薩、真達羅大將、迦樓羅。

常見字形例：

《悉曇字記》釋智廣	弘法大師空海	《梵字悉曇》田久保周譽	坂井榮信

悉曇子音 4

gha	घ	གྷ	
羅馬拼音	天城體	西藏文	蘭札體

筆順示範：

① ② ③

筆順說明：

1.𑖑(gha)的結構類似英文字母「W」；又像中國字「叫」，只是其「口」部右側少一劃且不封口。
2.寫法是先寫一個如中國字「乙」，再寫如國語注音符號「ㄐ」。

異體字：

發音要訣：(子音－喉音)

𑖑（gha）的發音如英語 dig-hard、bag-handle、big-house、loghouse、loghut 中的 gh。相當於先唸國語注音符號「ㄍ」(g)，接著唸「ㄏ」(h) 的音值；也就是發悉曇子音 3 號的 ga 音再加上出氣音。

近似字：

𑖢（pa）

𑖑（gha）與𑖢（pa）有些像，不過前者中間多了中穿的一豎。

常見字形例：

《悉曇字記》釋智廣	弘法大師空海	《梵字悉曇》田久保周譽	坂井榮信

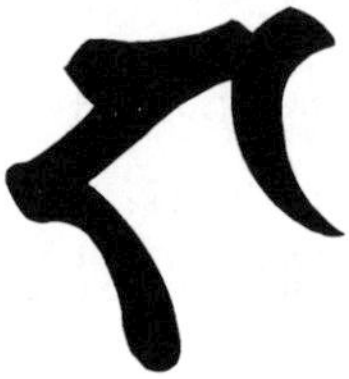

悉曇子音 5

ṅa	ङ	ང	
羅馬拼音	天城體	西藏文	蘭札體

筆順示範：

①

②

筆順說明：

（ṅa）共兩劃。先劃短短的一橫，接著寫類似國語注音符號「ㄑ」，但角度不要太大，上述筆劃一筆完成。第二劃於右上方加上一撇。

異體字：

發音要訣：(子音－喉音)

𑖒（ṅa）的羅馬拼音是 n 上方加一點而成 ṅ，發音如英語 king 中的 ng，或 sink 中的 n。也相當於國語注音符號「ㄤ」或「ㄥ」的後一半；即「唐」「庚」二字之鼻聲韻尾。

近似字：

𑖕（ja）

𑖒（ṅa）與𑖕（ja）的差異，在於𑖕（ja）的中間多了自左上至右下約 45 度的一劃。

以𑖒（ṅa）為種子字的諸尊：

持地菩薩。

常見字形例：

《悉曇字記》釋智廣	弘法大師空海	《梵字悉曇》田久保周譽	坂井榮信

悉曇子音 6

ca	च	ཅ	
羅馬拼音	天城體	西藏文	蘭札體

筆順示範：

①

②

筆順說明：

1.（ca）為兩劃。
2.第一筆類似中國字「之」的第二、三筆的寫法。
3.第二筆是從右上方向下劃一豎，但末端微微向右彎。

異體字：無

發音要訣：(子音－口蓋音)

𑖓（ca）的發音如英語 chair 中的 c。略似國語注音符號「ㄑ」，惟其舌面觸及顎齦間的部位較「ㄑ」爲後。不過我也聽過一些梵語教師將此字發「ㄐ」的音，過去漢譯佛典也這麼用，如 cunde 音譯成「準提」就是一例。

近似字：

𑖤（ba）　𑖪（va）

𑖓（ca）與𑖤（ba）及𑖪（va）的差異，在於左側肚子的部份，𑖓（ca）的肚子是尖的，𑖤（ba）的肚子圓滾滾還下垂的，而𑖪（va）則是上下平均的半圓。此外，日本學者有些稱𑖤（ba）爲果實型，而𑖪（va）是半月型。

以𑖓（ca）爲種子字的諸尊：

月光菩薩、共發意轉輪菩薩、月天、遮文荼。

常見字形例：

《悉曇字記》 釋智廣	弘法大師 空海	《梵字悉曇》 田久保周譽	坂井榮信

悉曇子音 7

cha			
羅馬拼音	天城體	西藏文	蘭札體

筆順示範：

① ② ③ ④ ⑤

筆順說明：

1.（cha）的寫法可一筆完成，或分別兩筆。
2.一筆完成的寫法是：先寫上方的一短橫，再順著往下劃一個躺著的阿拉伯數字「8」，最後往下拉一個短短略朝右的尾巴。
3.若分成兩筆劃的寫法是，寫了上方一短橫之後，再提筆從短橫的中央處往下拉一豎，然後順著劃躺著的阿拉伯數字「8」，餘則相同。

異體字：

發音要訣：(子音－口蓋音)

（cha）的發音如英語 charm 中的 ch。也略似先唸國語注音符號「ㄑ」，接著唸「ㄏ」的音；亦即發悉曇子音 6 號的（ca）音再加上出氣音。

近似字：無

常見字形例：

《悉曇字記》釋智廣	弘法大師空海	《梵字悉曇》田久保周譽	坂井榮信

悉曇子音 8

ja	ज	ཇ	
羅馬拼音	天城體	西藏文	蘭札體

筆順示範：

① ② ③

筆順說明：

1.𑖕（ja）有點像英文字母「E」，只是盡量向左偏斜了 45 度。其寫法可分爲三筆劃，其中第一筆和第三筆與悉曇子音 5 號的𑖒（ṅa）相同。

2.首先劃短短的一橫，接著寫類似國語注音符號「ㄑ」，但角度不要太大，上述筆劃一筆完成。

3.第二筆在如注音符號「ㄑ」的上半部中間，向右下 45 度拉下一筆劃。

4.最後一筆於右上方加上一撇。

異體字：

發音要訣：(子音－口蓋音)

𑖕（ja）的發音如英語 just、jump 中的 j。也類似國語注音符號「ㄐ」，惟舌面觸及顎齦時之部位較「ㄐ」的部位為後。

近似字：

𑖒（ṅa）

𑖕（ja）與𑖒（ṅa）的差異，在於𑖕（ja）的中間多一筆劃。

以𑖕（ja）為種子字的諸尊：

惹耶（四姐妹女天之一）、調伏天。

常見字形例：

《悉曇字記》 釋智廣	弘法大師 空海	《梵字悉曇》 田久保周譽	坂井榮信

悉曇子音 9

jha	झ	ཛྷ	
羅馬拼音	天城體	西藏文	蘭札體

筆順示範：

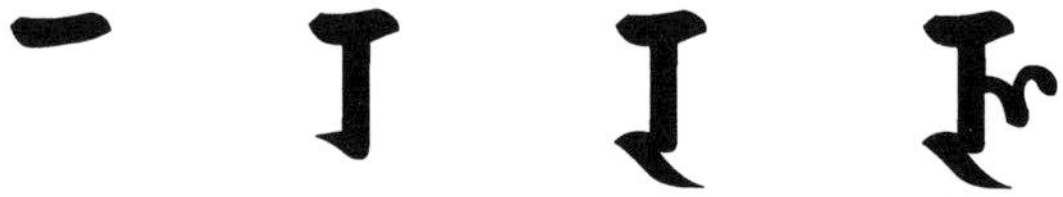

① ② ③ ④

筆順說明：

1.𑖖（jha）的筆順首先是先寫一短橫。
2.接著寫一豎。
3.第三筆是下方由左上往右下的短斜劃。
4.最後寫中間的筆劃，寫法是自此直豎先往右下畫一劃再順勢往上畫另一小劃。

異體字：

發音要訣：(子音－口蓋音)

（jha）的發音如英語 hedgehog、sledge-hammer 中的 dgeh。也略似先唸國語注音符號「ㄐ」，接著唸「ㄏ」的音；也就是發悉曇子音第 8 號的（ja）音再加上出氣音。

近似字：

（ṛ） （ṝ） （ña）

子音第 9 字（jha）與母音第 7 字（ṛ）、母音第 8 字（ṝ）及子音第 10 字（ña）非常相似。

（jha）與（ṛ）的差異在中間的橫劃，（jha）中間的橫劃是由中間一豎起筆，而（ṛ）的橫劃須穿過中間一豎。（jha）與（ña）的差異在（ña）的第一筆起筆須往內勾。（jha）與（ṝ）的差異，除了在（ṝ）的第一筆起筆須往內勾外，（jha）的中間一橫也與（ña）一樣是由中間一豎起筆，而不穿越中間一豎，（ṝ）中間的橫劃則須穿越中間的直豎。

常見字形例：

《悉曇字記》 釋智廣	弘法大師 空海	《梵字悉曇》 田久保周譽	坂井榮信

悉曇子音 10

羅馬拼音	天城體	西藏文	蘭札體
ña	ञ	ཉ	

筆順示範：

① ② ③ ④

筆順說明：

1.𑖗（ña）的第一筆是個有鉤的橫劃，起筆是在左上角先由內往上再往右拉。
2.接著寫一豎。
3.第三筆是由左上往右下的短斜劃。
4.最後寫中間的筆劃，寫法是自此直豎先往右下畫一點再順勢往上畫另一小點。

異體字：

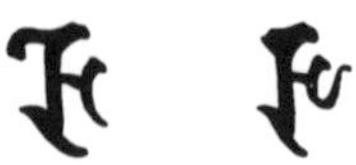

發音要訣：(子音－口蓋音)

𑖗（ña）的羅馬拼音是 n 上面加“～”符號而成 ñ。其發音如英語 canyon 中的 ny，或法語 cognac，或義大利語 signor 中的 gn，也有人說它像英語 enjoyable 中的 n。

近似字：

𑖖（jha） 𑖅（ṝ） 𑖄（ṛ）

子音第 10 字𑖗（ña）與子音第 9 字𑖖（jha）、母音第 7 字𑖄（ṛ）及母音第 8 字𑖅（ṝ）及非常相似。

𑖗（ña）與𑖖（jha）的差異在𑖗（ña）的第一筆起筆須往內勾。𑖗（ña）與𑖅（ṝ）的差異在中間的橫劃，𑖗（ña）中間的橫劃是由中間一豎起筆，而𑖅（ṝ）的橫劃須穿越中間一豎。𑖗（ña）與𑖄（ṛ）的差異，除了在𑖗（ña）的第一筆起筆須往內勾外，𑖗（ña）的中間的橫劃是由中間一豎起筆，而不穿越中間一豎，𑖅（ṝ）中間的橫劃則須穿越中間的直豎。

常見字形例：

《悉曇字記》釋智廣	弘法大師空海	《梵字悉曇》田久保周譽	坂井榮信

悉曇子音 11

羅馬拼音	天城體	西藏文	蘭札體
ṭa	ट	ཊ	

筆順示範：

①

②

筆順說明：

（ṭa）共兩筆劃，首先劃一個弧度稍稍下垂的左半圓，然後在第一筆的起筆處加上一撇。

異體字：

發音要訣：(子音－反舌音)

（ṭa）的羅馬拼音是 t 的下方加一點而成 ṭ，此音可當做是發英文的 t 音時，將舌尖向上捲起並觸及硬顎時所發之音。發 ṭ 音時，舌尖觸及的部份為硬顎，比國語注音符號「ㄊ」與英文 t 均較後，且舌尖須稍向上翹。這種下加一點的子音有 ṭ，ṭh，ḍ，ḍh，ṇ，ṣ 等共六個，其發音都類似，是舌尖比正常的位置要往上往後捲起，並觸及上顎。其發音有點像念英語 true 中的 t，但仍發成 t 音。true 中的 t 由於受後面 r 的影響，發音位置會比正常的 t 向後移。

近似字：

（ṅa） （dha）

（ṭa）與（ṅa）的差異在於形狀上（ṭa）的左半是弧形像英文字母 C，而（ṅa）的左半部有角度，像英文字母 Z。（ṭa）的右邊不封口，（dha）則有。

以（ṭa）為種子字的諸尊：

金剛舞菩薩（降三世三昧耶會）。

常見字形例：

《悉曇字記》釋智廣	弘法大師空海	《梵字悉曇》田久保周譽	坂井榮信

悉曇子音 12

ṭha	ठ	ཋ	
羅馬拼音	天城體	西藏文	蘭札體

筆順示範：

①

②

筆順說明：

（ṭha）近似圓形，以兩筆劃完成。先劃左邊的半圓，再劃右邊的半圓。

異體字：

發音要訣：(子音－反舌音)

𑖙（ṭha）的發音可當做是發悉曇子音 11 號的 ṭ 音時，再加上出氣音。其發音如英語 anthill 中的 th。

近似字：無

常見字形例：

《悉曇字記》釋智廣	弘法大師空海	《梵字悉曇》田久保周譽	坂井榮信

悉曇子音 13

ḍa			
羅馬拼音	天城體	西藏文	蘭札體

筆順示範：

① ② ③ ④

筆順說明：

1.（ḍa）共四筆劃。
2.前三劃有些類似中國簡體字「万」，但長短比例不大相同，且第三筆不要勾起。
3.第四劃是在第三劃的末端加上從左上往右下的一撇。

異體字：

發音要訣：(子音－反舌音)

𑖚（ḍa）的羅馬拼音是 d 的下方加一點而成 ḍ，其發音可當做是發英文字母 d 音時，將舌尖向上捲起並觸及硬顎時所發之音。發該音時，舌尖觸及硬顎的部份，較國語注音符號「ㄉ」與英語 d 爲後。其發音如念英語 drum 中的 d，但仍發 d 音。drum 中的 d 由於受後面 r 的影響，發音位置會比正常的 d 向後移。

近似字：

𑖝（ta）

𑖚（ḍa）與𑖝（ta）的差異，在於下方最後的一筆。

常見字形例：

《悉曇字記》釋智廣	弘法大師空海	《梵字悉曇》田久保周譽	坂井榮信

悉曇子音 14

ḍha			
羅馬拼音	天城體	西藏文	蘭札體

筆順示範：

①

②

筆順說明：

1. （ḍha）的形狀和中國字「石」頗相似，但沒有最後的一劃。
2. 首先以草書的方式一筆寫完「石」字的上半部，第二筆不是「口」而是劃一個下有開口的半圓形。

異體字：

發音要訣：(子音－反舌音)

（ḍha）的發音，是發悉曇子音第 13 號的（ḍa）音時再加上出氣音。其發音如英語 redhair 中的 dh。

近似字：

（bha）

（ḍha）與（bha）的差異，在於最後一筆。（ḍha）往內勾，而（bha）是往外伸展。

常見字形例：

《悉曇字記》釋智廣	弘法大師空海	《梵字悉曇》田久保周譽	坂井榮信

悉曇子音 15

ṇa	ण	ཎ	
羅馬拼音	天城體	西藏文	蘭札體

筆順示範：

① ②

筆順說明：

1.（ṇa）的形狀有些類似英文字母小寫「m」，但筆順不同。

2.（ṇa）的結構可分爲左半部及右半部。左半部的一筆是由左下方往上及右方劃個拋物線；接著的一筆再劃一個拋物線，且末端向右下拉長些。

異體字：

發音要訣：(子音－反舌音)

（ṇa）的羅馬拼音是 n 的下方加一點而成 ṇ。其發音可當做發英文字母 n 的音時，將舌尖向上捲起並觸及硬顎時所發之音；亦即以微向上翹的舌尖觸及硬顎所發之鼻音。其發音如英語 none 或 gentle 中的 n，也類似國語注音符號「ㄋ」的舌尖上翹並觸及硬顎所發的聲音。

近似字：

（ña）

（ṇa）與（ña）雖然不相似，但兩者下半部接續半體寫法中有一種形狀類似，即（ṇa）→（ṇa）與（ña）→（ña）。這種情況出現的機會頗多，如「般若」的悉曇字（pra）（jña），其中（jña）的下半部就是（ña）下半部接續半體。(有關接續半體請詳參《簡易學梵字‧進階篇》)

常見字形例：

《悉曇字記》釋智廣	弘法大師空海	《梵字悉曇》田久保周譽	坂井榮信

悉曇子音 16

ta	त	ཏ	
羅馬拼音	天城體	西藏文	蘭札體

筆順示範：

①

②

筆順說明：

𑖝（ta）的寫法類似中國簡體字「万」，但長短比例不同，且最後一筆不勾起。

異體字：

發音要訣：(子音－齒音)

𑖝（ta）的發音如英語 tub、tip 中的 t，也相當於國語注音符號「ㄊ」的音值。

近似字：

𑖚（ḍa） 𑖡（na）

𑖝（ta）與𑖚（ḍa）的差異，在於下方的最後一筆。𑖝（ta）是打赤腳，而𑖚（ḍa）是有穿鞋子的。

𑖝（ta）與𑖡（na）的差異，在於第二、三兩筆的彎曲方向。𑖝（ta）的第二筆是朝向左下方，不必勾，而第三筆是由上往下，並稍向左內彎；𑖡（na）則剛好相反：第二筆是往上回鉤，第三筆則往右下方撇出。

以𑖝（ta）爲種子字的諸尊：

一切如來寶 (佛眼佛母)、如來毫相菩薩。

常見字形例：

《悉曇字記》 釋智廣	弘法大師 空海	《梵字悉曇》 田久保周譽	坂井榮信

悉曇子音 17

tha	थ	ཐ	
羅馬拼音	天城體	西藏文	蘭札體

筆順示範：

①　②

筆順說明：

（tha）的寫法，特別是下列的異體字，和梵文天城體（थ）以及藏文（ཐ）的字形一樣，都像一個左右倒反的英文字字母 B。後來可能因爲筆劃簡省，只取反 B 字的下半部，因此簡略爲現在的形式。

此字可分成兩筆，先寫一個類似英文字母 C 字，但起筆自內往外勾起，且筆尾向左平拖稍長。第二筆是稍往外彎出的一略具弧形的直豎。

異體字：

發音要訣：(子音－齒音)

𑖞(tha)的發音如英語 light-heart、hot-house、nuthook 中的 th。相當於先唸國語注音符號「ㄊ」，接著唸「ㄏ」的音。也就是發悉曇子音 16 號的𑖝（ta）音再加上出氣音。

近似字：

𑖠（dha） 𑖢（pa）

𑖞(tha)與𑖠(dha)的差異，在於左邊半圓的部份。𑖠（dha）的半圓有封口，𑖞（tha）字則在上方留了個透氣孔。

𑖞（tha）與𑖢（pa）的差異，在於𑖞（tha）的左半邊起筆是由內往外勾捲，像英文字母 C 的上半，而𑖢(pa)的起筆爲一短橫。

常見字形例：

《悉曇字記》釋智廣	弘法大師空海	《梵字悉曇》田久保周譽	坂井榮信

悉曇子音 18

羅馬拼音	天城體	西藏文	蘭札體
da	द	ད	

筆順示範：

①

②

筆順說明：

1.（da）的寫法，第一筆如英文字母「Z」字，但下半部稍為偏左。

2.第二筆是由右上朝右下方，畫一往內彎的半圓。

異體字：無

發音要訣：(子音－齒音)

（da）的發音如英語 dove、day 中的 d，也與國語注音符號「ㄉ」相似。

近似字：

（ha）

（da）與（ha）的差異，在於第二、三筆的部份。（da）第二筆的轉折是先作 180 度回轉再往右下拉出，而（ha）的第二筆雖然也是轉折但筆法卻很流暢地由左往右拉出。第三筆的部份：（da）是由右上朝右下方畫一往內彎的半圓，而（ha）則是由中間往上再往右下畫一弧形。

以（da）爲種子字的諸尊：

持世菩薩、檀波羅蜜菩薩、金剛拳、荼吉尼。

常見字形例：

《悉曇字記》釋智廣	弘法大師空海	《梵字悉曇》田久保周譽	坂井榮信

悉曇子音 19

dha	ध	དྷ	
羅馬拼音	天城體	西藏文	蘭札體

筆順示範：

①　②

筆順說明：

1.（dha）以兩筆完成。第一筆先劃一個飽滿的半圓。
2.第二筆是略爲拉長的一豎，將半圓缺口封住。

異體字：無

發音要訣：(子音－齒音)

（dha）的發音如英語 red-hot、adhere 中的 dh。也相當於音帶振動先唸國語注音符號「ㄉ」，接著唸「ㄏ」之音；亦即發悉曇子音 18 號的（da）音再加上出氣音。

近似字：

（ba） （va） （ṭa）

（dha）、（ba）及（va）三字接續半體的下半部形狀—（dha）（ba）及（va）—很相似 (請參考《簡易學梵字・進階篇》)。三者之主要差別在左側肚子的部份，（dha）的肚子是大又飽滿的，（ba）的肚子稍小且下垂，而（va）也稍小但形狀呈上下平均的半圓。

而（dha）與（ṭa）的差異在的右邊有封口，的右側一撇較短且不與左邊 C 的下端連接 (不封口)。

以（dha）爲種子字的諸尊：

燒香菩薩、堅牢地神后、虛宿。

常見字形例：

《悉曇字記》釋智廣	弘法大師空海	《梵字悉曇》田久保周譽	坂井榮信

悉曇子音 20

羅馬拼音	天城體	西藏文	蘭札體
na	न	ན	

筆順示範：

① ② ③

筆順說明：

1.（na）的寫法，第一筆是先寫一個短橫。
2.第二筆是由右上朝左下方一撇，但收尾時要往回鉤。
3.第三筆是從第二筆的一半處起筆，接著朝右下方畫出如（ḷ）的筆畫，但起筆短些字形也較小些。

異體字：

發音要訣：(子音－齒音)

𑖡（na）的發音如英語 not、nut 中的 n。即聲帶振動以舌尖抵住齒齦所發的鼻音。

近似字：

𑖝（ta）

𑖡（na）與𑖝（ta）形狀相似，但𑖡（na）的第二筆是向上勾，第三筆向右下伸展。而𑖝（ta）的第二筆與第三筆則是保守的往下在定點停頓。

以𑖡（na）爲種子字的諸尊：

龍樹菩薩、火天、水天、難陀龍王。

常見字形例：

《悉曇字記》釋智廣	弘法大師空海	《梵字悉曇》田久保周譽	坂井榮信

悉曇子音 21

pa	प	པ	
羅馬拼音	天城體	西藏文	蘭札體

筆順示範：

① ② ③

筆順說明：

1.（pa）的形狀，有點類似注音符號「ㄐ」。第一筆先劃一短橫，第二筆延續第一筆餘勢往下拉，再轉折往右橫拖，有點像人頭下巴的部份，要注意其寬度及角度。
2.第二筆是由右上到右下的直劃，高度要比左邊稍微凸出一些，最後稍向右拉出。

異體字：無

發音要訣：(子音－唇音)

𑖢（pa）的發音如英語 pen、put 中的 p，也相當於國語注音符號「ㄆ」的音值。

近似字：

𑖦（ma）　𑖬（ṣa）

𑖢（pa）與𑖦（ma）的差異，在於左側略似人頭下巴的部份，𑖦（ma）的下巴是由兩筆略向內傾的弧線構成，而𑖢（pa）的下巴是一筆劃完成的，其外形約呈 100 度角，亦即比垂直稍向左傾。

𑖢（pa）與𑖬（ṣa）最大的差異在於𑖬（ṣa）在圓弧與最後一筆直豎間，多了由左上到右下的一短劃。

以𑖢（pa）爲種子字的諸尊：

白處尊菩薩、他化自在天。

常見字形例：

《悉曇字記》釋智廣	弘法大師空海	《梵字悉曇》田久保周譽	坂井榮信

悉曇子音 22

pha	फ	ཕ	
羅馬拼音	天城體	西藏文	蘭札體

筆順示範：

① ②

筆順說明：

1.（pha）的寫法，若參考藏文字形（ཕ）來看就很容易掌握其要領。

2.寫法是先寫中國字「之」的第二筆，再劃一個小半圓。

異體字：

發音要訣：(子音－唇音)

（pha）的發音如英語 uphill 中的 ph。也相當於先唸國語注音符號「ㄆ」（但ㄆ宜送氣較少），接著唸「ㄏ」之音。亦即發悉曇子音 21 號的（pa）音再加上出氣音。

近似字：

（ha）

（pha）與（ha）的差異，在於最後一筆；（pha）往內勾，而（ha）是往右下拉出。

以（pha）為種子字的諸尊：

翼宿。

常見字形例：

《悉曇字記》釋智廣	弘法大師空海	《梵字悉曇》田久保周譽	坂井榮信

悉曇子音 23

ba	ब	བ	
羅馬拼音	天城體	西藏文	蘭札體

筆順示範：

① ② ③

筆順說明：

1.𑖤（ba）以三筆完成。先劃一橫。
2.接著往左下劃一個下垂的半圓，但最後又向右上勾回來。
3.然後再加上略為拉長的向下一豎封住缺口。

異體字：無

發音要訣：(子音－唇音)

𑖤（ba）的發音如英語 bird、book 中的 b，也相當於國語注音符號「ㄅ」。

近似字：

𑖪（va） 𑖓（ca） 𑖠（dha）

𑖤（ba）、𑖪（va）與𑖓（ca）的差異，在於左側半圓，𑖤（ba）的左側是類似肚子下垂的形狀；𑖪（va）的左側是大小較平均的半圓形。有人稱前者字中的留白部分爲「果實型」，而後者爲「半月型」。而𑖓（ca）的左側則類似三角形而非圓弧形。

𑖤（ba）與𑖠（dha）的差異，在於𑖠（dha）上方無橫劃，且𑖠（dha）的左側半圓飽滿而平均。

以𑖤（ba）爲種子字的諸尊：

力波羅蜜菩薩、摩尼阿修羅。

常見字形例：

《悉曇字記》釋智廣	弘法大師空海	《梵字悉曇》田久保周譽	坂井榮信

悉曇子音 24

bha	भ	བྷ	
羅馬拼音	天城體	西藏文	蘭札體

筆順示範：

①

②

筆順說明：

1.（bha）可略分爲上半部及下半部。

2.上半部的筆順和悉曇子音 14 號的（ḍha）相同。

3.下半部劃一個類似耳朵的形狀，但末端稍微向右下揚。

異體字：

發音要訣：(子音－唇音)

（bha）的發音如英語 rub-hard、abhor 中的 bh。相當於振動聲帶先唸國語注音符號「ㄅ」，再接著唸「ㄏ」的音。亦即發悉曇子音 23 號的（ba）音再加上出氣音。

近似字：

（ha） （ḍha）

（bha）與（ha）的差異，在於左側兩筆劃的連接處，（bha）是分開的，（ha）是相連的。

（bha）與（ḍha）的差異在最後一筆，（bha）的最後一劃向外伸展，（ḍha）則向內勾。

以（bha）爲種子字的諸尊：

室宿。

常見字形例：

《悉曇字記》釋智廣	弘法大師空海	《梵字悉曇》田久保周譽	坂井榮信

悉曇子音 25

ma	म	མ	
羅馬拼音	天城體	西藏文	蘭札體

筆順示範：

①　②　③　④

筆順說明：

1.𑖦（ma）可分爲左半部及右半部。
2.左半部的第一筆一短橫，第二筆略向右凹往下；第三筆橫劃略往上凸。第二筆接第三筆時，若連著寫，可看成 180 度倒轉的一筆回拉。
3.右半部的一豎長短配合左半部，自然劃下，再向下拉長些。

異體字：無

發音要訣：(子音－唇音)

𑖦（ma）的發音如英語 mother 中的 m。也相當於國語注音符號「ㄇ」之音值。

近似字：

𑖢（pa）

𑖦（ma）與𑖢（pa）的差異，在於左側轉折處。𑖦（ma）是由兩筆向內凹交會出明顯的角度，而𑖢（pa）是稍微停頓且連續的筆劃。

以𑖦（ma）爲種子字的諸尊：

孔雀明王、摩利支天、大黑天、大自在天、那羅延天、摩睺羅迦。

常見字形例：

《悉曇字記》釋智廣	弘法大師空海	《梵字悉曇》田久保周譽	坂井榮信
𑖦	𑖦	𑖦	𑖦

悉曇子音 26

ya	य	ཡ	
羅馬拼音	天城體	西藏文	蘭札體

筆順示範：

① ② ③

筆順說明：

1.（ya）的寫法可略分為左半部及右半部。

2.左半部有兩筆劃，寫法類似注音符號「ㄛ」，但末端橫劃向右再拉長些，且稍向下翻轉。

3.右半部的一豎長短配合左半部，自然劃下，再稍向右下拉長些。

異體字：無

發音要訣：(子音－唇音)

𑖧（ya）的發音如英語 yes、yet 中的 y。y 是個半母音，與國語注音符號“一”的音值類似。

近似字：

𑖦（ma）

𑖧（ya）與𑖦（ma）的差異，在於左側的第二筆，𑖧（ya）像國語注音符號「ㄛ」的寫法，而𑖦（ma）是略向內彎的筆劃。

以𑖧（ya）為種子字的諸尊：

耶輸陀羅菩薩、帝釋天、夜摩女、夜叉。

常見字形例：

《悉曇字記》釋智廣	弘法大師空海	《梵字悉曇》田久保周譽	坂井榮信
𑖧	𑖧	𑖧	𑖧

悉曇子音 27

羅馬拼音	天城體	西藏文	蘭札體
ra			

筆順示範：

①　②

筆順說明：

（ra）字母的筆順與英文字母大寫的「I」相同，但最後一劃從左上往右下作約 45 度的傾斜。

異體字：無

發音要訣：(子音－唇音)

𑖨（ra）的發音如英語 run、red 中的 r，也與國語注音符號「ㄖ」的音值近似。

近似字：

𑖖（jha） 𑖆（ṛ）

𑖨（ra）與𑖖（jha）、𑖆（ṛ）的差異，在於𑖖（jha）和𑖆（ṛ）的中間多一筆劃。

以𑖨（ra）為種子字的諸尊：

施無畏菩薩、大吉祥大明菩薩、金剛鬘菩薩（理趣會）、羅剎童。

常見字形例：

《悉曇字記》釋智廣	弘法大師空海	《梵字悉曇》田久保周譽	坂井榮信

悉曇子音 28

la	ल	ལ	
羅馬拼音	天城體	西藏文	蘭札體

筆順示範：

① ② ③

筆順說明：

1.（la）共三筆劃。
2.第一、二劃與中國字「丁」相同。
3.第三劃是在「丁」字的勾處，自右往左劃一個圓弧，之後再往右回拉，且拉長一些。

異體字：

發音要訣：(子音－唇音)

𑖩（la）的發音如英語 light、let 中的 l，也相當於國語注音符號「ㄌ」的音值。

近似字：

（ṇa）

𑖜（ṇa）是𑖜（ṇa）的異體字，其與𑖩（la）的差異在於左側半圓弧筆劃，𑖜（ṇa）只有半圓未橫向往右拉出，且右上方還釘了一個釘子並掛上一支曲形棍子。𑖩（la）的左半圓弧則是向右下方拉長劃出。

常見字形例：

《悉曇字記》釋智廣	弘法大師空海	《梵字悉曇》田久保周譽	坂井榮信

悉曇子音 29

羅馬拼音	天城體	西藏文	蘭札體
va	व	ཝ	

筆順示範：

①　②　③

筆順說明：

1. 𑖪（va）以三筆完成。先劃一橫。
2.接著往左下劃一個半圓。
3.然後再加上略爲拉長且收尾右彎的向下一豎封住缺口。

異體字：無

發音要訣：(子音－唇音)

𑖪（va）的發音如英語 ivy 中的 v，及 way 中的 w。此字是個半母音，係「雙唇軟顎半母音」。發音時雙唇先圓而後扁，同時舌根與後顎或小舌間產生一滑音。略似中國字「萬」的音值。此字母雖然拼音成 v，但事實上發音接近英文的 w。（就像德文的 v 發 f 音，而 w 發 v 音的情形；因此最好不要用英文「v」的角度看此字。）

近似字：

𑖤（ba）　𑖓（ca）

𑖪（va）與𑖤（ba）、𑖓（ca）的差異，在於左側半圓，𑖤（ba）是第二筆往上勾起，類似肚子下垂的形狀；𑖪（va）是第二筆往右下拉，是大小較平均的半圓形。有人稱𑖤（ba）字中的留白部分爲果實型，而𑖪（va）爲半月型。而𑖓（ca）則是尖尖的三角形。

以𑖪（va）爲種子字的諸尊：

金剛薩埵、如來語菩薩、金剛藏菩薩。

常見字形例：

《悉曇字記》釋智廣	弘法大師空海	《梵字悉曇》田久保周譽	坂井榮信

悉曇子音 30

羅馬拼音	天城體	西藏文	蘭札體
śa	श	ཤ	

筆順示範：

① ② ③ ④ ⑤

筆順說明：

1.（śa）共五劃，其字形可分爲左半部及右半部，中間以一半弧形連接。
2.左半部先寫中國字部首「人」，然後在上方劃一個半弧形，以連接右半部。
3.右半部寫一中國字「丁」，但最後一筆往右下方拉出，不要勾起。

異體字：

發音要訣：(子音－唇音)

𑖫（śa）的羅馬拼音是在 s 上加一撇而成 ś。其發音如德語 sprechen 中的 s，或如英語 sheep、shine 中的 sh，及 sure 中的 s。也略似國語注音符號「ㄒ」。

近似字：

𑖐（ga）

𑖫（śa）與𑖐（ga）的差異，在於上面橫劃；𑖫（śa）是半圓形，𑖐（ga）是橫劃。

以𑖫（śa）為種子字的諸尊：

帝釋天、土曜星、危宿。

常見字形例：

《悉曇字記》釋智廣	弘法大師空海	《梵字悉曇》田久保周譽	坂井榮信

悉曇子音 31

羅馬拼音	天城體	西藏文	蘭札體
ṣa	ष	ཥ	

筆順示範：

① ② ③ ④

筆順說明：

1.𑖬（ṣa）共四劃。寫法很像子音第 21 字𑖢（pa），或是國語注音符號「ㄐ」。
2.第一筆先劃一短橫。第二筆類似「ㄐ」的左半邊第一筆，但轉角爲圓弧形，並稍往右上拉提。
3.第三筆由左上往右下劃下一短劃，連接第二筆的收尾處。
4.第四筆爲由右上到右下的直劃，高度要比左邊稍微凸出一些，最後稍向右拉出。

異體字：無

發音要訣：(子音－唇音)

𑖬（ṣa）的羅馬拼音是 s 的下方加一點而成 ṣ。其發音如英語 shine、bush 中的 sh。也近似於國語注音符號「ㄕ」。發此音時，舌尖比發 s 的位置要上捲。

近似字：

𑖢（pa）

𑖬（ṣa）與𑖢（pa）的差異，在於𑖬（ṣa）的中間多一點。且第二筆𑖬（ṣa）較圓，而𑖢（pa）約成 100 度的角度。

常見字形例：

《悉曇字記》 釋智廣	弘法大師 空海	《梵字悉曇》 田久保周譽	坂井榮信

悉曇子音 32

sa	स	ས	
羅馬拼音	天城體	西藏文	蘭札體

筆順示範：

① ② ③

筆順說明：

1.（sa）共有三筆。

2.第一筆先由左往右一橫再斜向左下方一撇。

3.第二筆由字體正下方中間的位置，自下往上劃個圓弧，先朝向前面一撇，與前一筆劃在中間處交會，再朝右方順勢稍微朝下拉出。

4.第三筆與悉曇母音 1 號（a）的最後一筆相似，但是收尾處稍往右下方拉出。

異體字：無

發音要訣：(子音－唇音)

𑖭（sa）的發音，如英語 sun、this 中的 s。也與國語注音符號「ㄙ」的發音相同。

近似字：

𑖮（ha） 𑖥（bha）

𑖭（sa）與𑖮（ha）的差異，在於第二、三筆；𑖭（sa）的第二、三筆是分開的，而𑖮（ha）是連續的。同時，𑖭（sa）的最後一筆，是由上往下的直劃，而𑖮（ha）則是接著第三筆圓弧狀的筆劃。

𑖭（sa）與𑖥（bha）的差異，在於第三筆圓弧的收尾，𑖥（bha）爲向右下角拉長延申，𑖭（sa）則類似半圓，並與最後一筆的直豎相連。且𑖭（sa）右邊多了一筆由上往下的直劃，

以𑖭（sa）爲種子字的諸尊：

聖觀音、楊柳觀音、葉衣觀音、寂留明菩薩、豐財菩薩。

常見字形例：

《悉曇字記》 釋智廣	弘法大師 空海	《梵字悉曇》 田久保周譽	坂井榮信

悉曇子音 33

ha	ह	ཧ	
羅馬拼音	天城體	西藏文	蘭札體

筆順示範：

①

②

筆順說明：

1.（ha）字母本可以一筆完成的，但這裡爲了便於學習，分爲兩筆。

2.第一筆的寫法如中國字「之」的第二劃。第二筆則如悉曇母音 9 號（ḷ）的寫法，由左至右劃個類似耳朵的形狀。

異體字：無

發音要訣：(子音－唇音)

𑖮（ha）的發音如英語 hot、heart 中的 h。也相當於國語注音符音「ㄏ」。

近似字：

𑖣（pha）　𑖥（bha）

𑖮（ha）與𑖣（pha）的差異，在於最後一筆；𑖣（pha）往內勾，而𑖮（ha）是往外伸展。

𑖮（ha）與𑖥（bha）的差異，在於左側兩筆劃的連接處；𑖥（bha）是分開的，𑖮（ha）是相連的。

以𑖮（ha）為種子字的諸尊：

地藏菩薩、風天、軫宿。

常見字形例：

《悉曇字記》 釋智廣	弘法大師 空海	《梵字悉曇》 田久保周譽	坂井榮信

悉曇子音 34

llaṃ	ल्लं	ལླཾ
羅馬拼音	天城體	西藏文

筆順示範：

① ② ③ ④

筆順說明：

1.（llaṃ）的寫法是重疊兩個（la），再加上鼻音 ṃ 的一點。

2.筆順是先寫上面的（la）再寫下面的（la），最後才寫最上面的鼻音 ṃ 一點。

異體字：

發音要訣：(子音－唇音)

此字的發音可念成 lam（l+a+m）。

近似字：

（la）

（llaṃ）是（la）的「重字」，兩者的不同處在於前者的字形是上下重疊兩個（la），再加上鼻音 ṃ 的一點。

常見字形例：

弘法大師 空海	《梵字悉曇》 田久保周譽	坂井榮信

悉曇子音 35

kṣa	क्ष	ཀྵ	
羅馬拼音	天城體	西藏文	蘭札體

筆順示範：

① ② ③ ④ ⑤

筆順說明：

1.𑖎𑖿𑖬（kṣa）是由悉曇子音 1 號的𑖎（ka）與悉曇子音 31 號的𑖬（ṣa）接續而成的。
2.上半部是𑖎（ka）的上部接續，寫法有點像中國字「大」，但不出頭且下面兩筆角度比較大，筆劃也較短些。
3.下半部是𑖬（ṣa）的下部接續，寫法如𑖬（ṣa）的筆順。

異體字：無

發音要訣：(子音－唇音)

（kṣa）的發音類似英語 extra, exit 中的 x，不過其尾音是加上 a 的音。漢文音譯爲「乞灑」。

（kṣa）會成爲一個字母，若自同屬印歐語系的英文裡有個「x」字母的角度來看，就能瞭解何以梵語會將此「重字」(k+ṣ）當成一個獨立子音字母，（kṣa）與「x」此二者應該是對應的字母。

（kṣa）在悉曇梵語的真正音值（phonetic value），目前並不確知。但很多學者，如 S. Konow, H. W. Bailey, J. Brough 等皆認爲其音值應爲「ṭṣ」。從剎那 (kṣaṇa) 與夜叉 (yakṣa) 的音譯來看，此說也有道理。

近似字：

（ṣa）

（kṣa）與（ṣa）的差異，在於（kṣa）的上半部多加上了（ka）的上半部接續半體「」。

以（kṣa）爲種子字的諸尊：

忍波羅蜜菩薩。

常見字形例：

《悉曇字記》釋智廣	弘法大師空海	《梵字悉曇》田久保周譽	坂井榮信

一、梵字悉曇字母的寫法

工欲善其事必先利其器，要寫好梵字，首先要先將工具及書寫環境準備妥當。

書寫梵字一般常見的書寫用具有毛筆、及專用的朴筆兩種，由於朴筆的筆頭呈扁平狀，在書寫運筆難度較高，對初學梵字書寫者而言，比較吃力，因此，在本章中的習字手帖，是以毛筆寫法作範例，逐字標註書寫的筆順。除此之外，也可以使用鋼筆、原子筆等自己習慣使用的書寫工具來練習。

至於紙、墨等其它書寫用具的選擇，則依自己的習慣與喜好，選擇適合毛筆書寫者即可。當然，以<全佛出版社>專爲練習書寫梵字而設計的「梵字練習本」(分毛筆專用與一般筆專用兩種版本) 來練習，對初學者更是最佳的選擇。

有了稱手的書寫用具，再來佈置一個舒適的書寫環境，也有助有於我們在書寫時，心境的安詳與平穩。因此，環境最好要收拾整潔，桌面保持乾淨，光線適中，甚至點上些許清雅的好香，都會讓我們有愉悅專注的習字心情。

正式書寫時，要身心放鬆，背脊直豎，兩肩平柔；端身正意，以心運筆，意到筆到。其執筆的方法，與一般毛筆拿法一樣，用拇指、中指和食指握穩筆管，無名指靠筆管背面，小指靠攏無名指。而運筆時，依小楷、中楷、大楷而有不同：

(1) 小楷：宜用枕腕法，即以手指運筆。

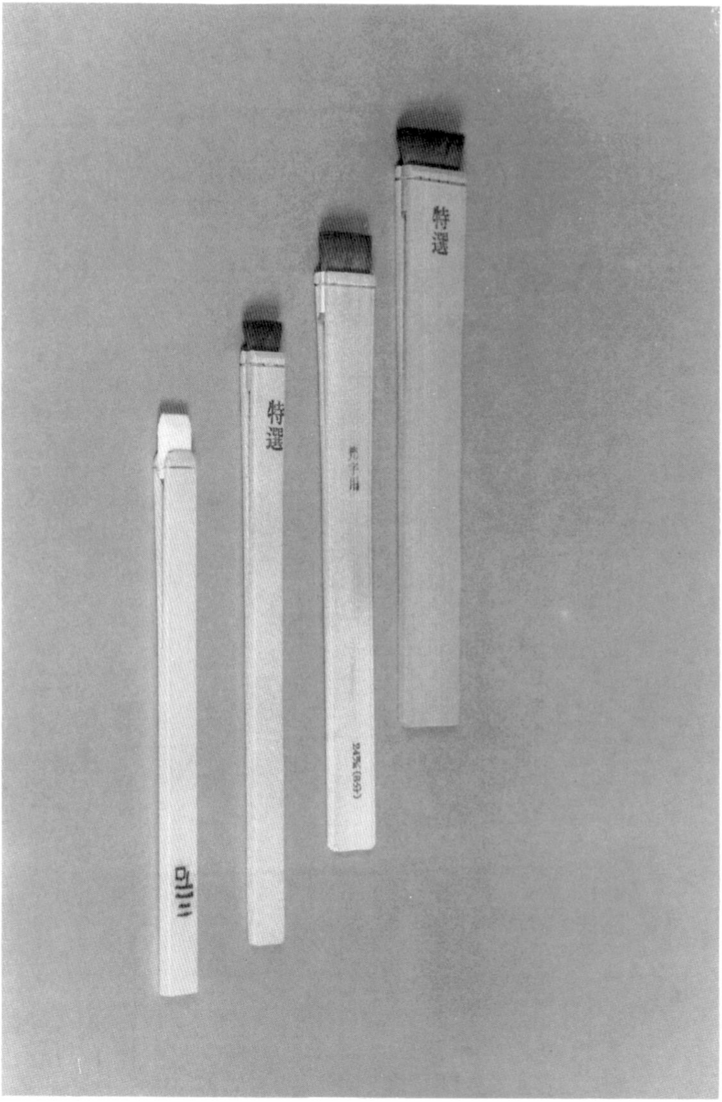

書寫梵字專用的朴筆

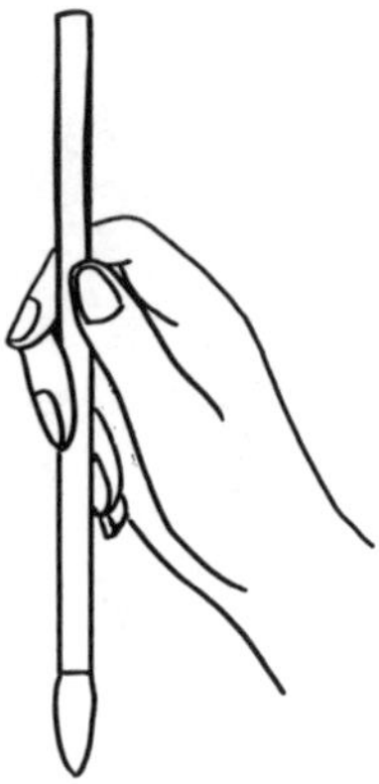

握筆的方法

書寫時姿勢要端正

(2)中楷：宜用提腕法，即手肘輕靠桌面，手腕虛提，以手肘為中心，用腕節運筆。

(3)大楷：宜用懸腕法，腕肘均虛懸，以臂運筆。

以毛筆書寫梵字時，基本上，與書寫漢文毛筆字的要領並無多大差異。然而，由於梵字悉曇的字形結構，畢竟與漢文字形、書寫筆順有相當程度的不同，所以，在正式臨寫梵字前，我們先來了解一下梵字悉曇字母書寫時的通則及應注意的要領。

(1) 在書寫每個梵字時，要從𑖀(a)點□ (□的□代表體文，也就字形的主體) 開始，所謂𑖀(a)點，也就是我們書寫每個梵字時，提筆落下的第一點，因此，此𑖀(a)點也稱為起筆點、發心點或是命點。其稱為 a 點有發音上的意義，因梵字悉曇子音字母在未附母音符號 (摩多點畫) 時，皆發 a 音，如：

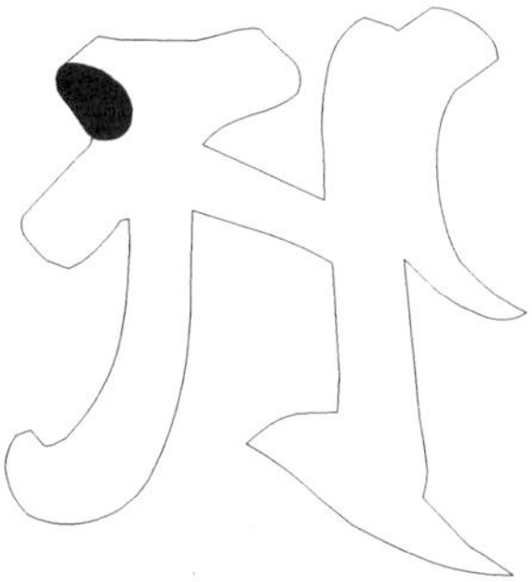

(ā)

(2) 書寫時需先寫體文 (字形的主體)，再書寫體文上、下、左、右的點或撇，此部份即摩多點畫 (母音符號) 。體文書寫的原則一般由上而下，先左後右，與漢文字大約相同。

(3) 梵字的圓點，與漢文的點不同，其中又分兩種寫法。在本手帖中，則統一採第一種寫法爲範例：

寫法 1

(aṃ)

寫法 2

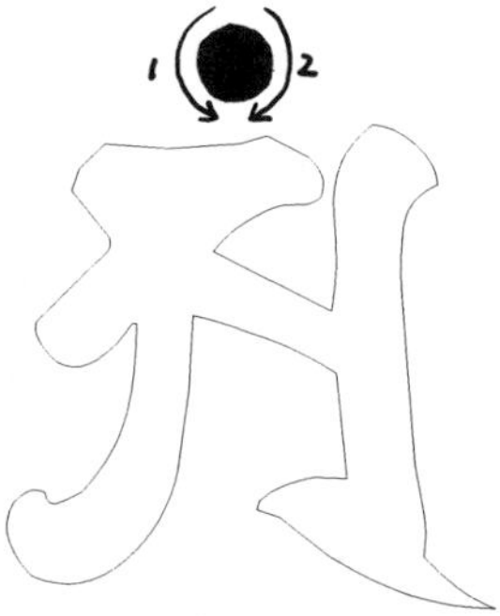

(4) 梵字的圓圈，要分兩筆完成。先寫左半邊，再寫右半邊，如：

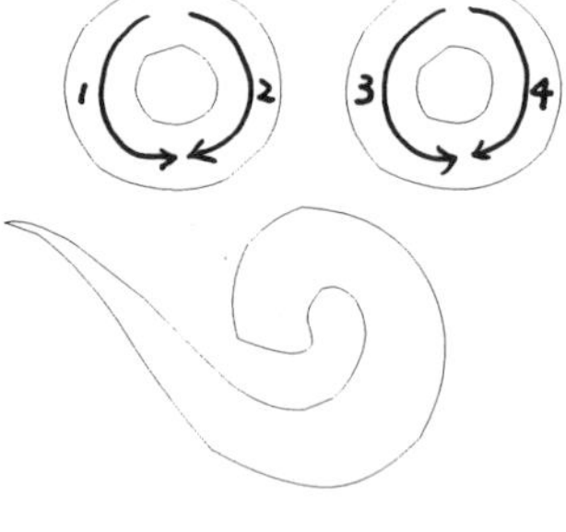

(i)

(5) 有幾個字母較特殊，與漢文習慣筆順不同，須特別留意，如：𑖀𑖾(aḥ)字右側兩點，要先點下面那一點，再點上面的點。每一點也像(3)所提的，分兩筆完成。

(6) 𑖋(ai)有幾種不同寫法，但在斟酌漢文毛筆的慣用寫法後，本手帖以一筆完成寫法中的第一種寫法爲範例：

一筆完成的寫法又分兩種：

寫法 1

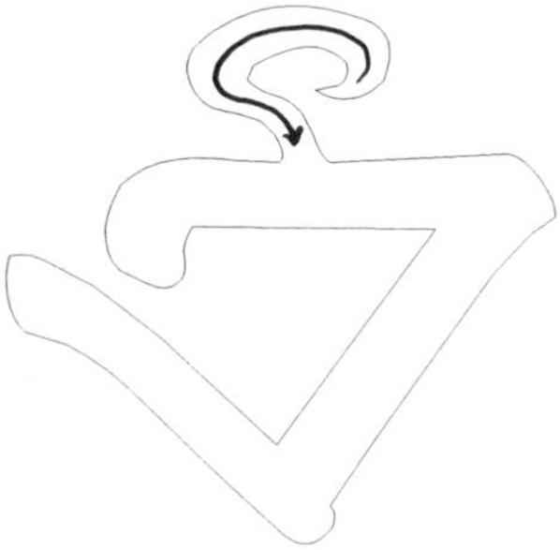

寫法 2

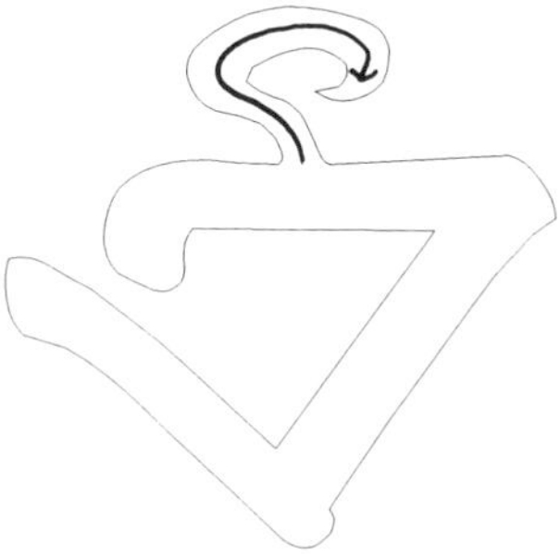

兩筆完成的寫法：

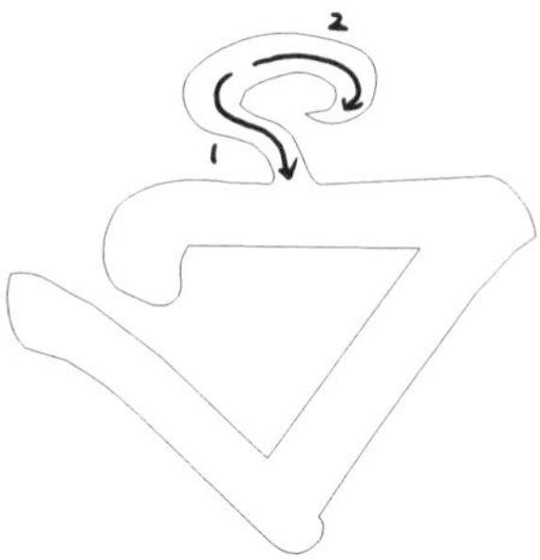

總之，梵字悉曇書寫的筆順，因各家傳承不同而有不同寫法，但，只要掌握先寫體文再寫摩多點畫(母音符號)的通則，一般而言，並無太大差異。此外，梵字字形結構，雖然與漢文寫法有些差異，然而只要多加練習，必定熟能生巧，將字練好，甚至透過書寫時，身心的調練，進而全面提昇生命的品質。

悉曇母音 1 𑖀(a)

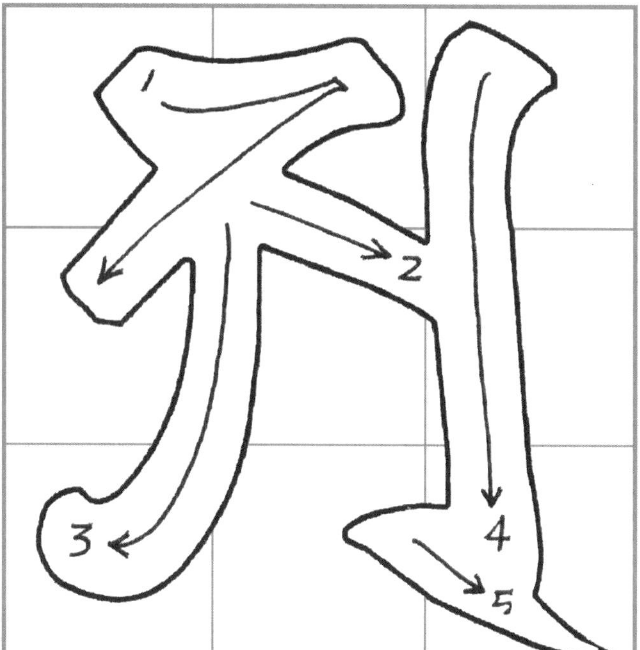

悉曇母音 2 𑖁(ā)

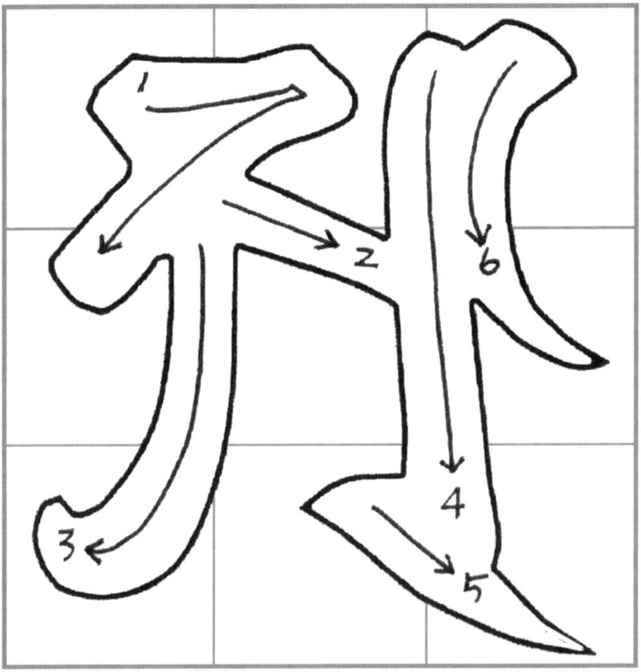

悉曇母音 3 𑖂(i)

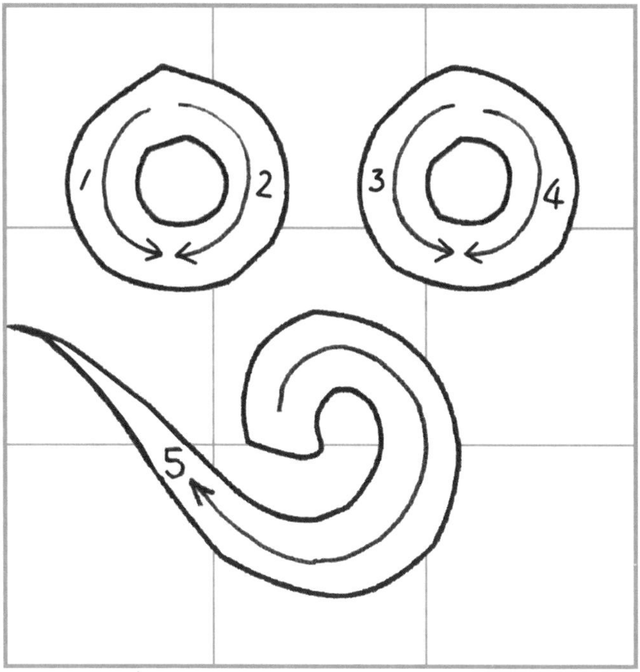

悉曇母音 4 ◌(ī)

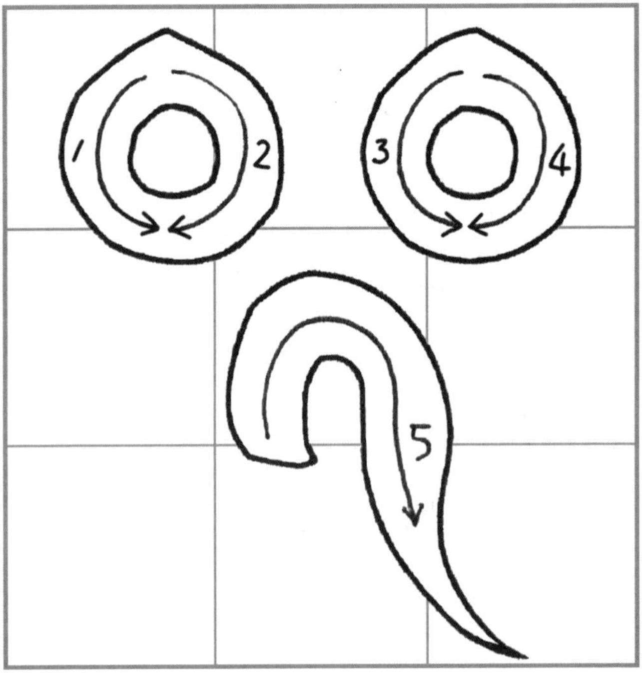

悉曇母音 5 𑖄(u)

悉曇母音 6 𑖅(ū)

悉曇母音 7 𑖊(ṛ)

悉曇母音 8　ॠ(ṝ)

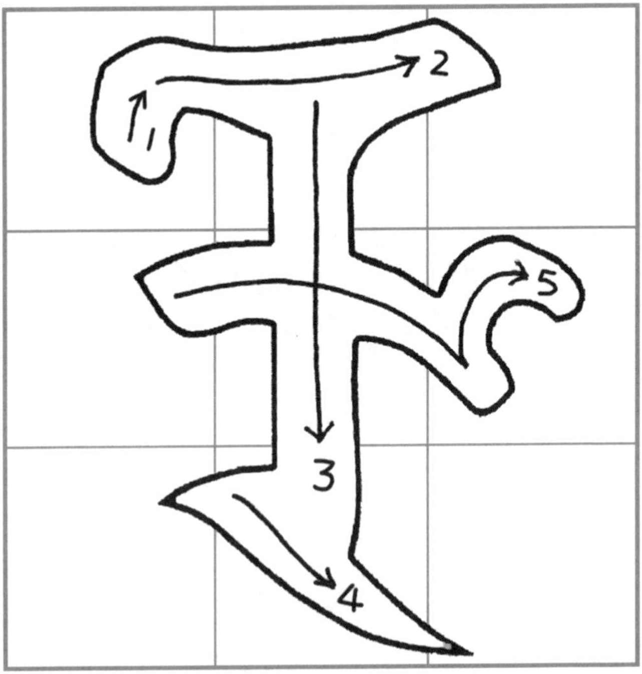

悉曇母音 9　𑖈(ḷ)

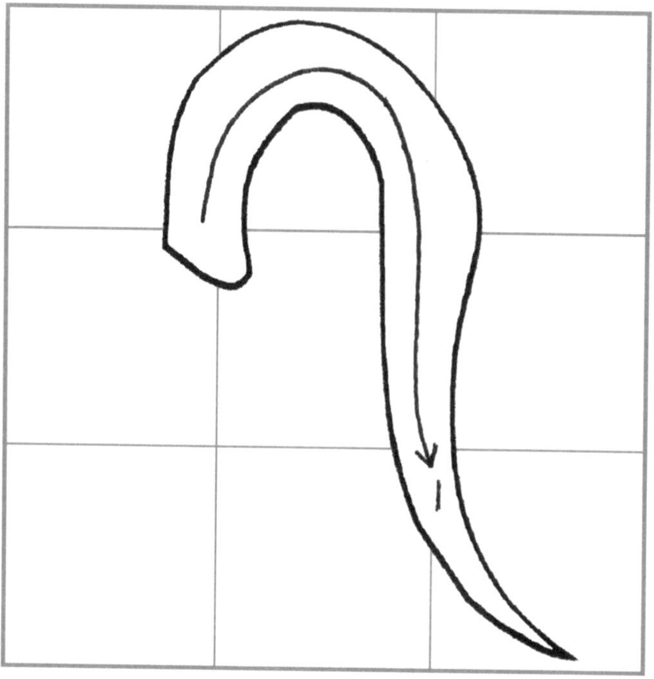

悉曇母音 10 ৎ(ḹ)

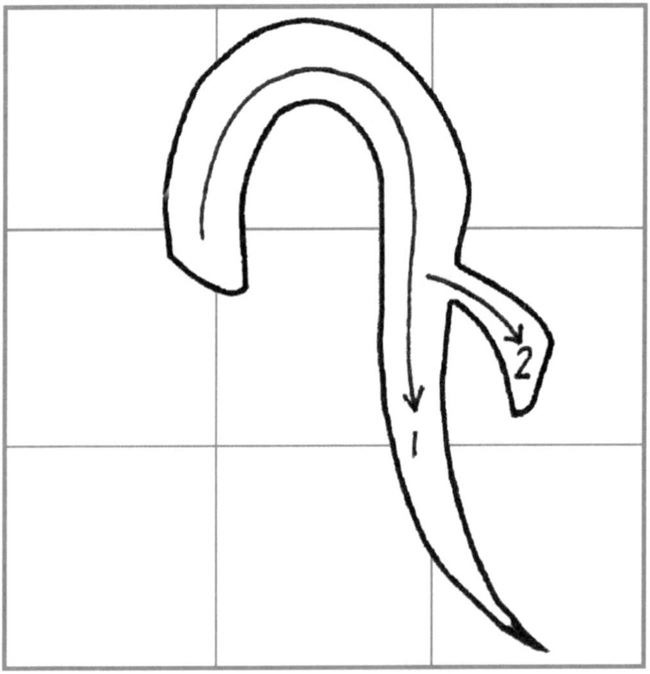

悉曇母音 11 ᐁ(e)

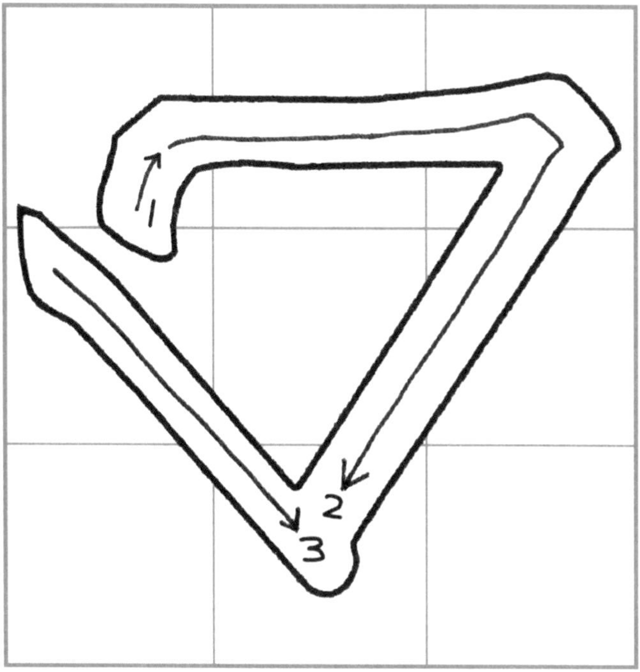

悉曇母音 12　𑖋(ai)

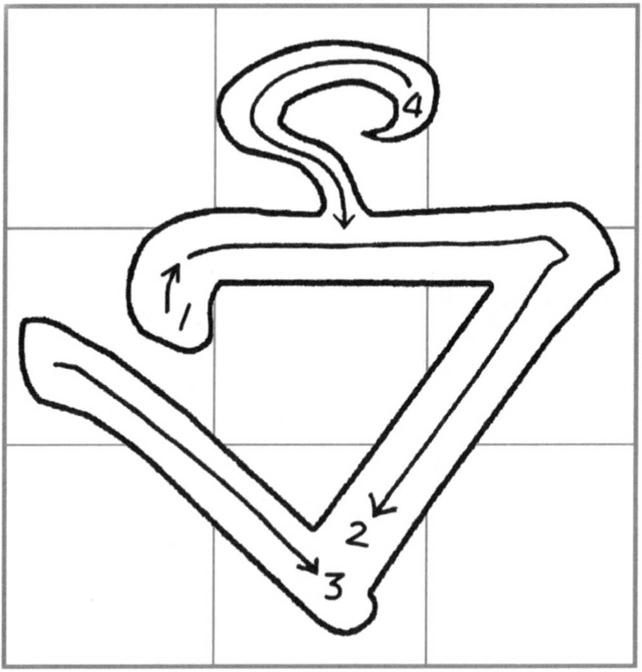

悉曇母音 13 𑖌(o)

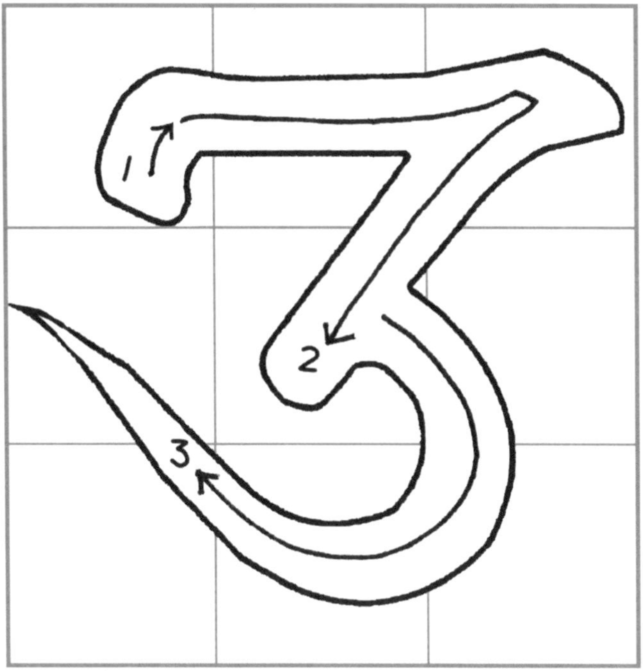

悉曇母音 14　𑖌(au)

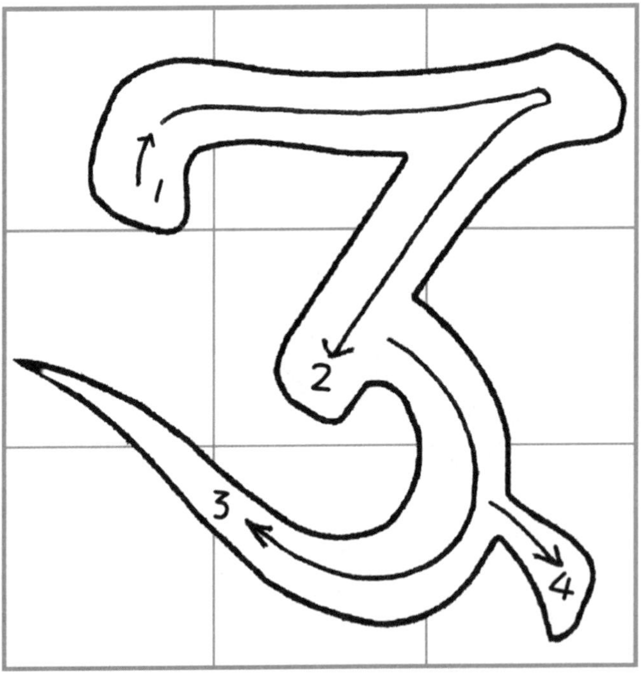

悉曇母音 15 𑖀𑖽(aṃ)

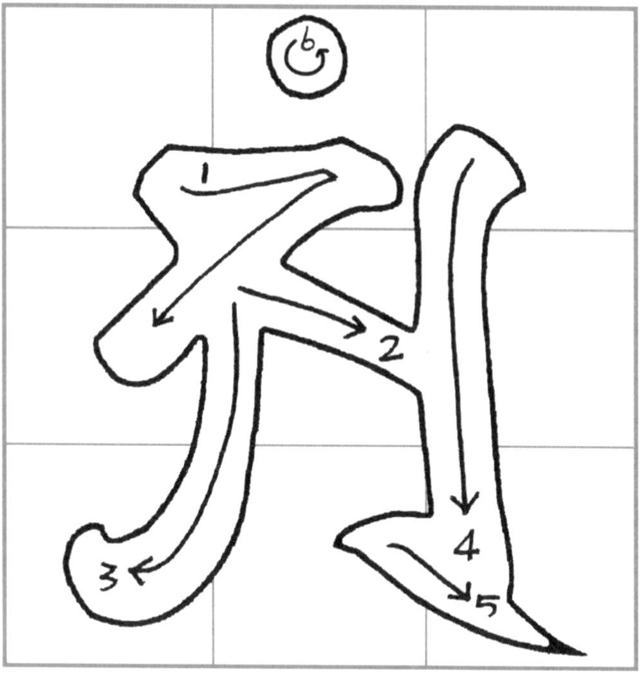

悉曇母音 16　𑖀𑖾(aḥ)

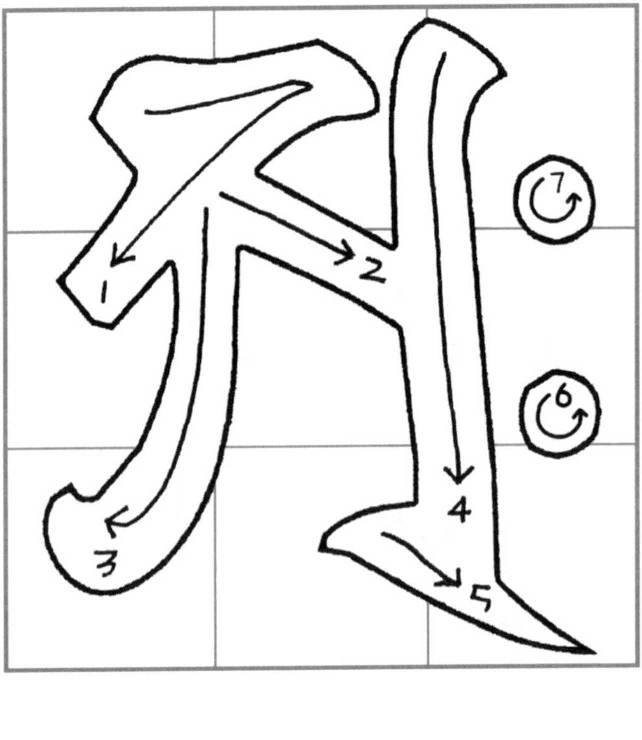

悉曇子音 1 𑖎(ka)

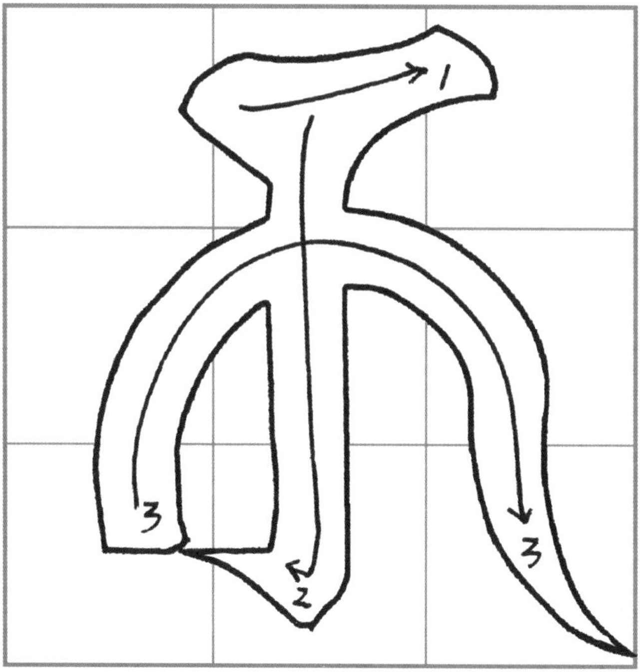

悉曇子音 2 𑖏(kha)

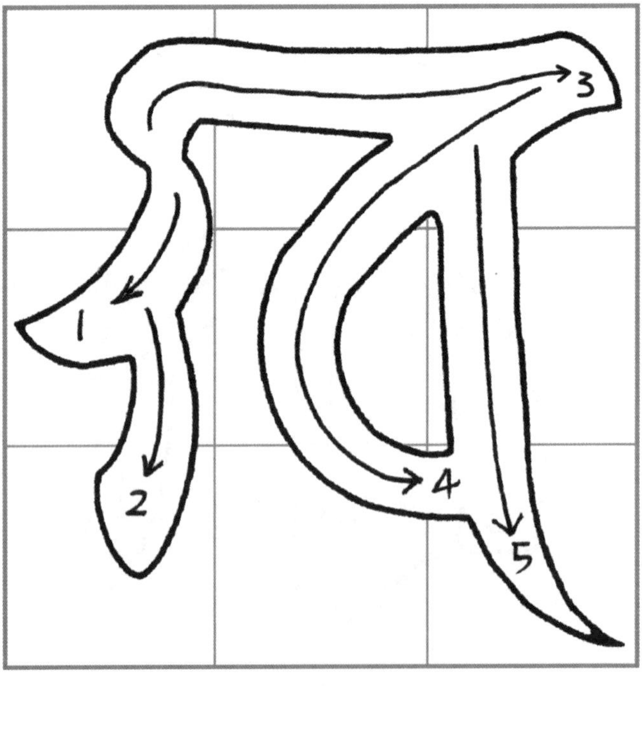

悉曇子音 3 𑖐(ga)

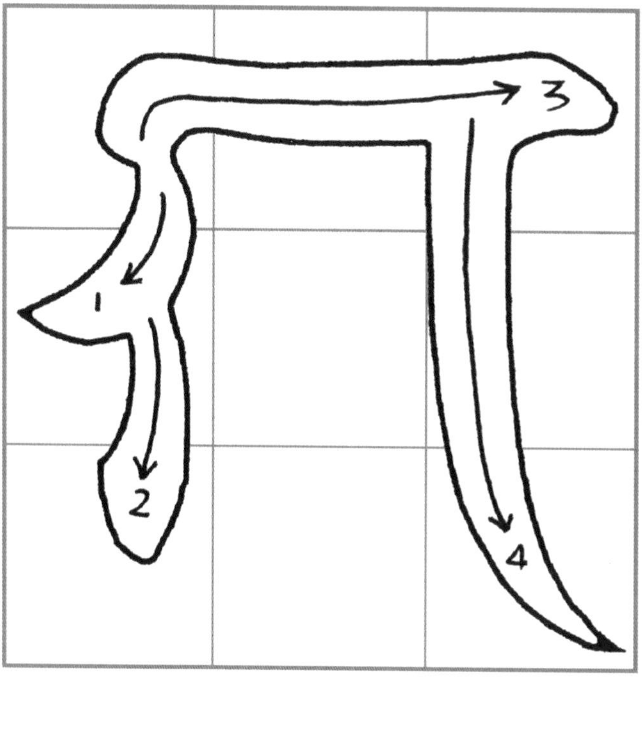

悉曇子音 4　𑖓(gha)

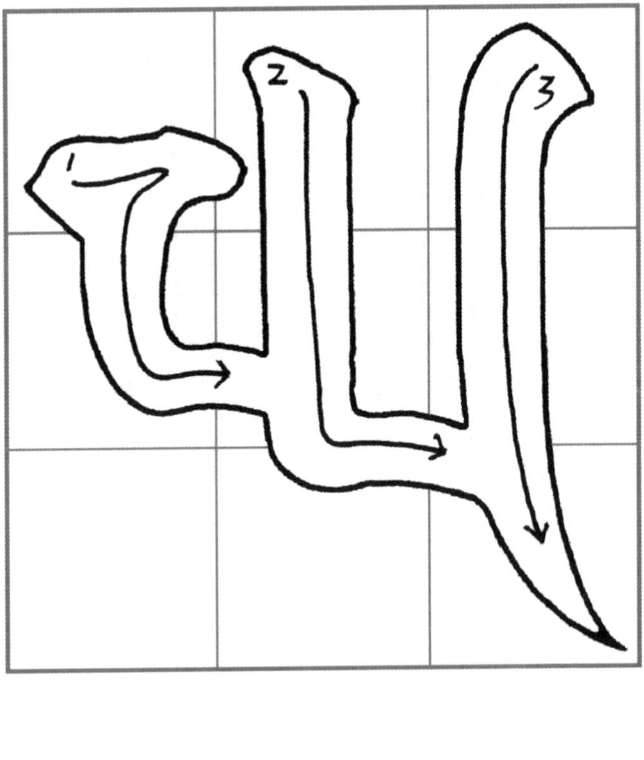

悉曇子音 5 𑖒(ṅa)

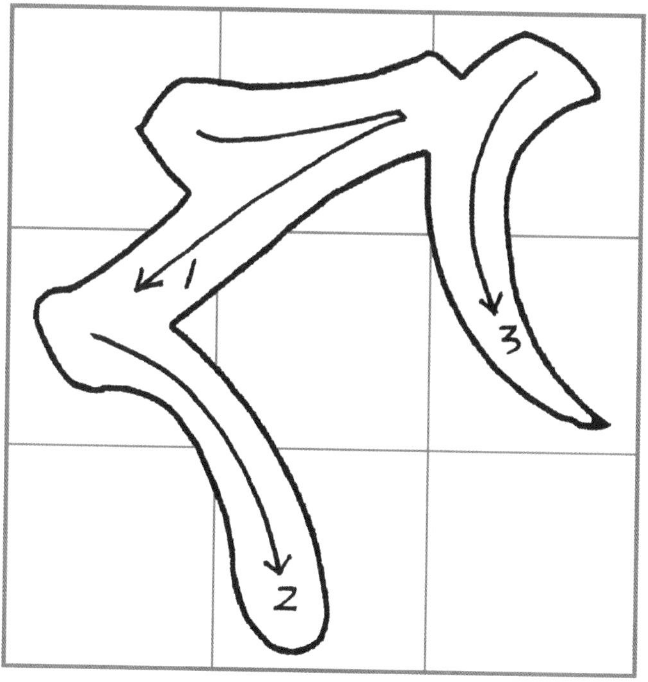

悉曇子音 6　𑖓(ca)

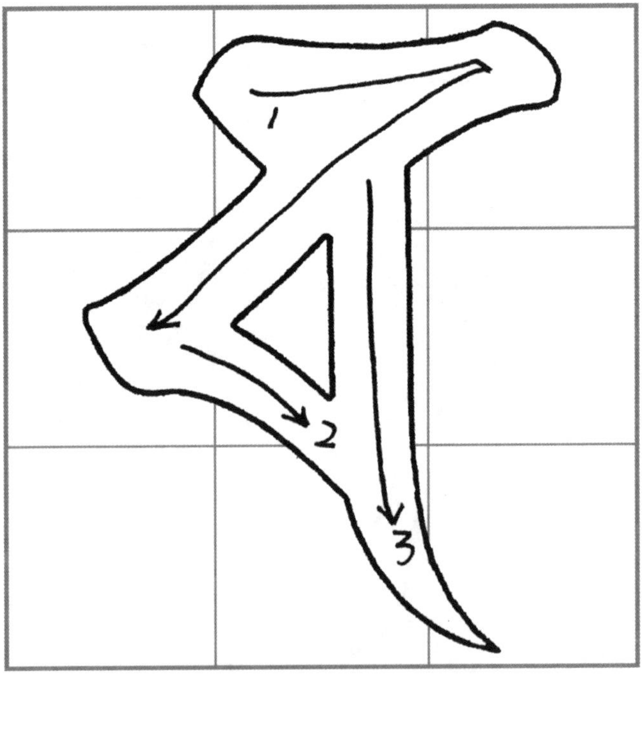

悉曇子音 7 ᓀ(cha)

悉曇子音 8　𑖕(ja)

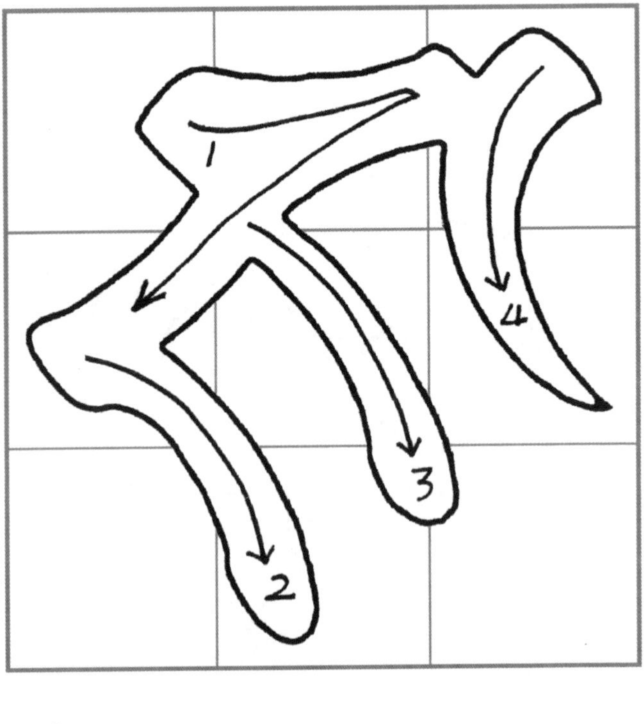

悉曇子音 9　𑖖 (jha)

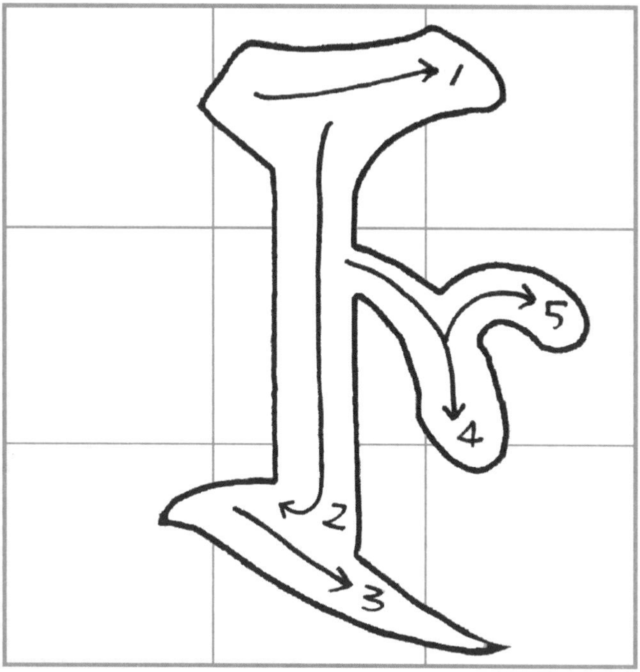

悉曇子音 10　𑖗(ña)

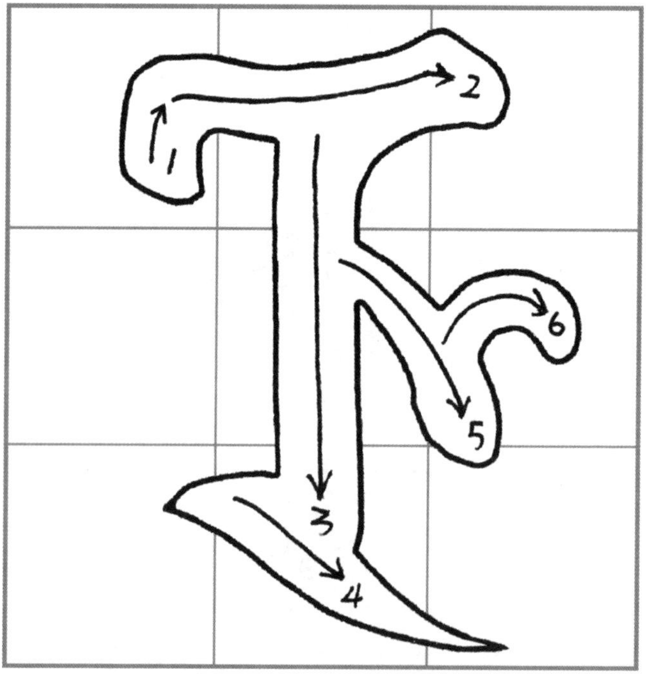

悉曇子音 11 (ṭa)

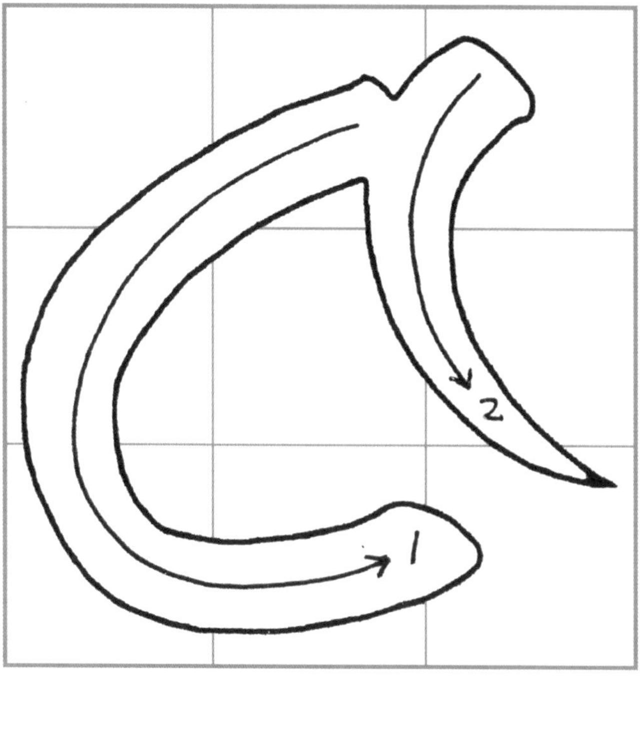

悉曇子音 12 (ṭha)

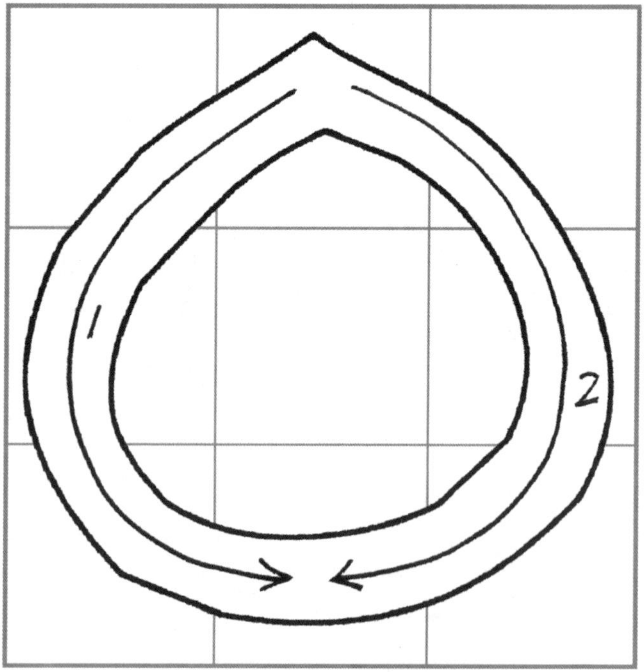

悉曇子音 13 ड (ḍa)

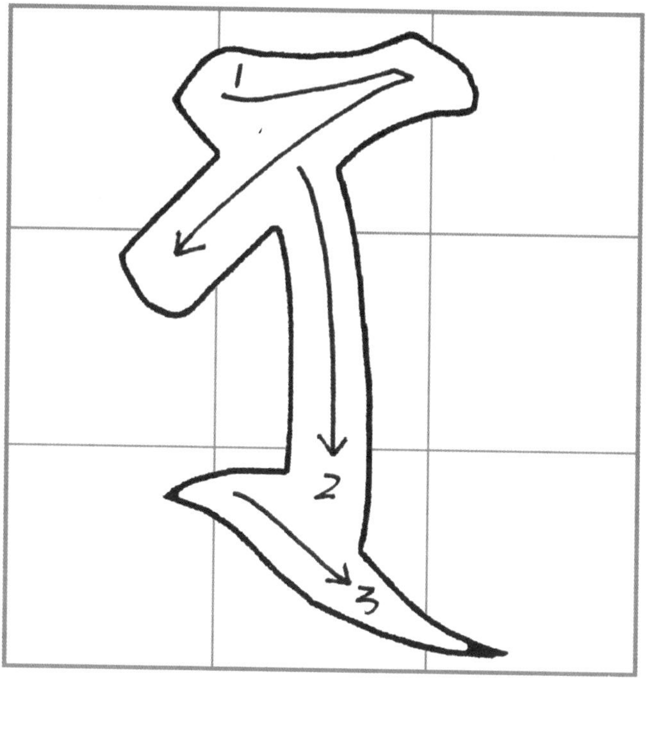

悉曇子音 14 𑖖(ḍha)

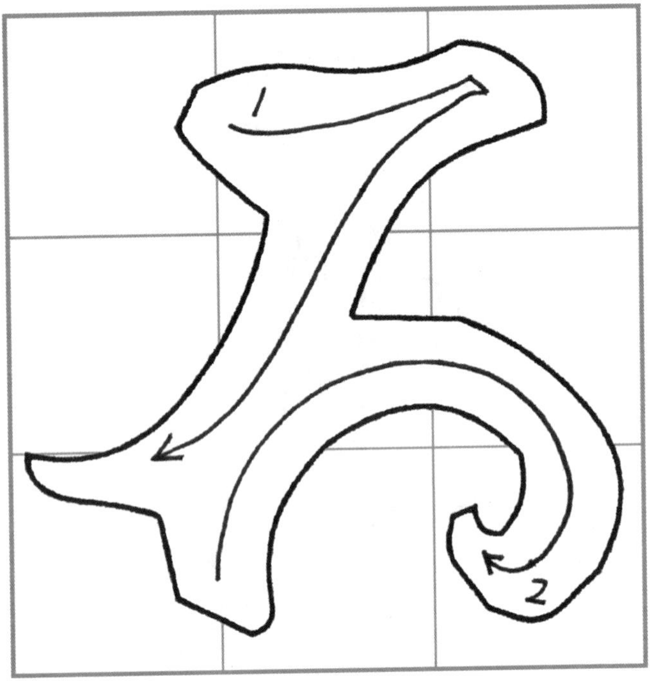

悉曇子音 15 ṇ(ṇa)

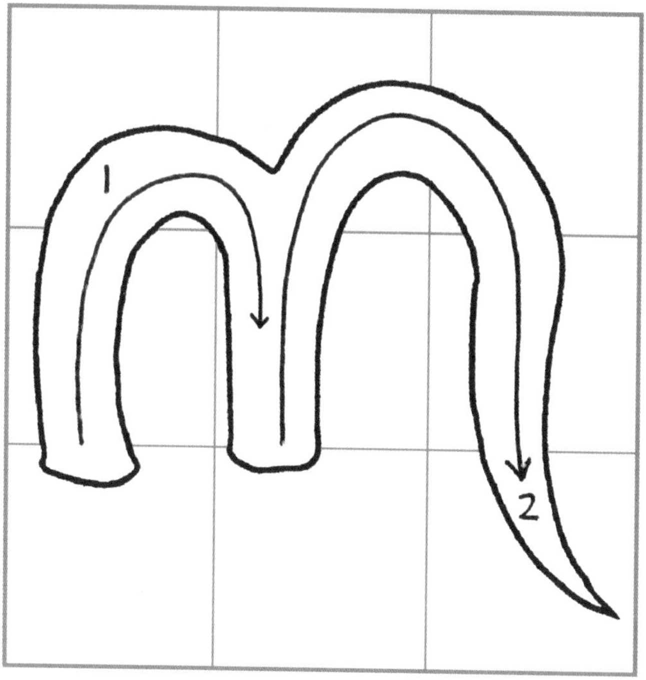

悉曇子音 16　𑖝(ta)

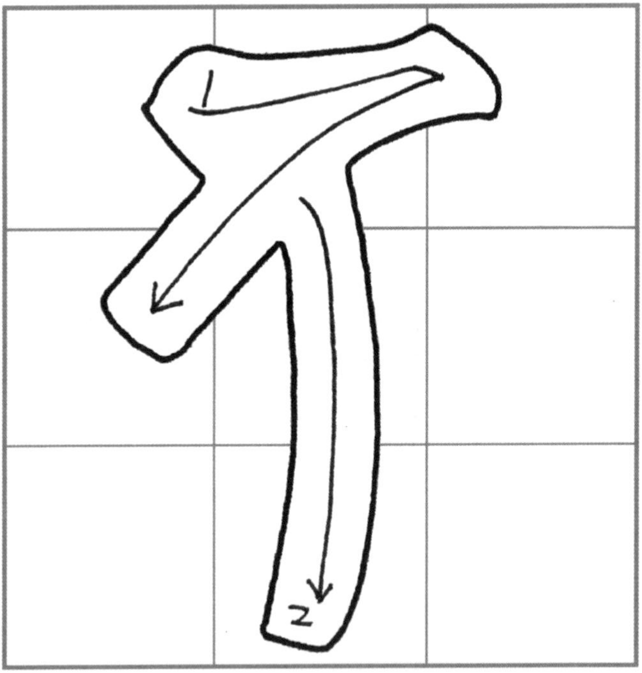

悉曇子音 17 𑖞(tha)

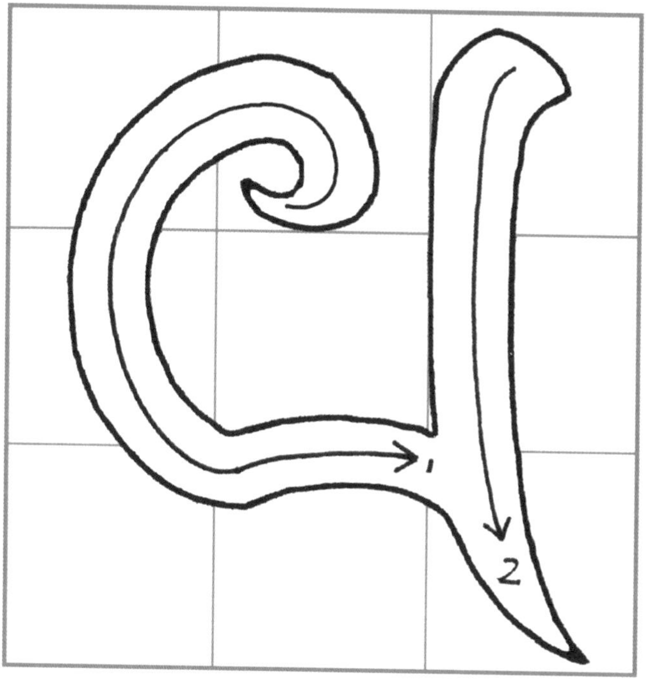

悉曇子音 18　ད(da)

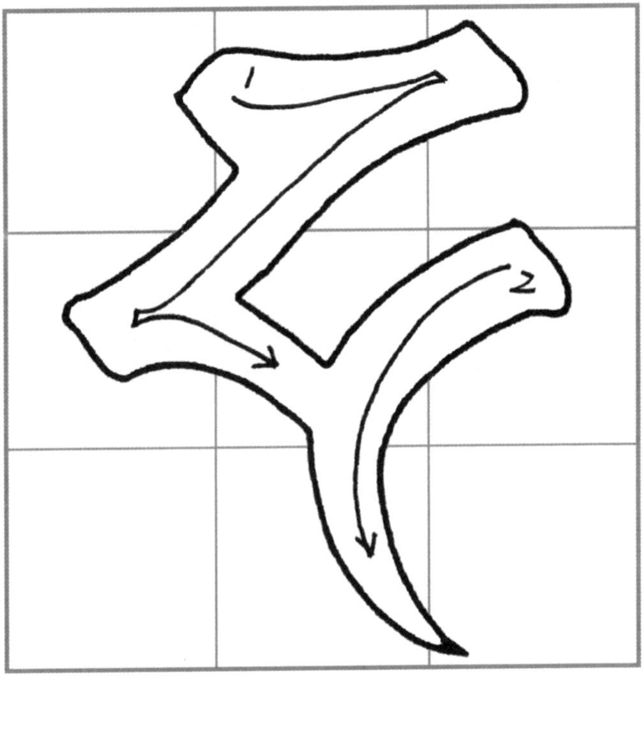

悉曇子音 19 ᖷ (dha)

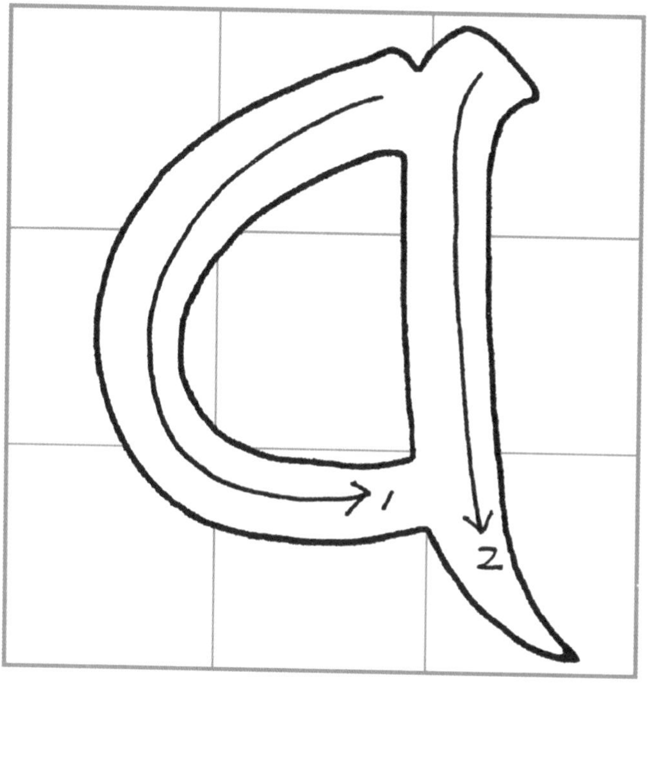

悉曇子音 20 𑖡 (na)

悉曇子音 21 𑖢(pa)

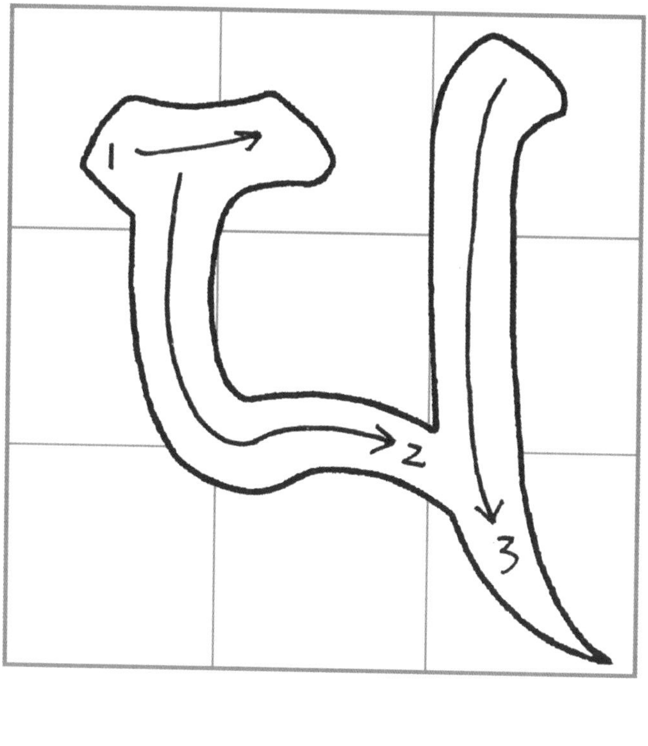

悉曇子音 22 𑖣(pha)

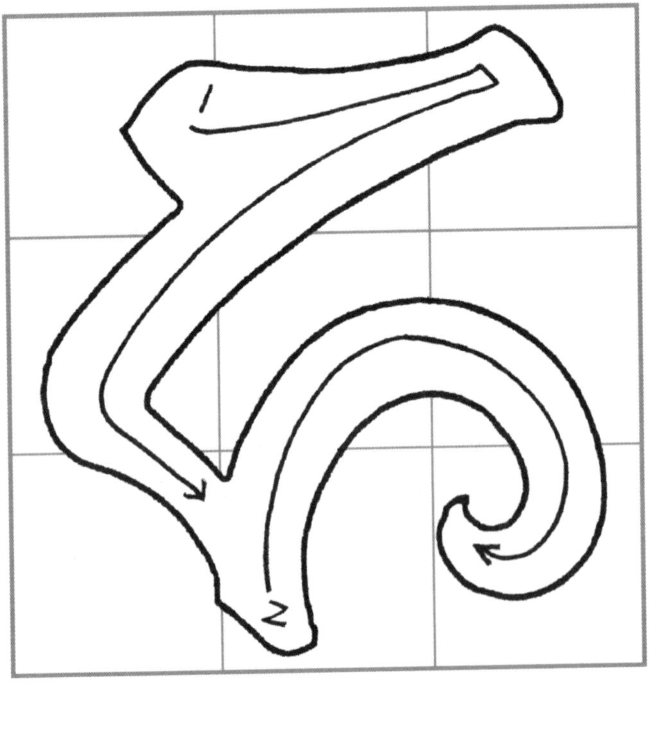

悉曇子音 23 𑖪 (ba)

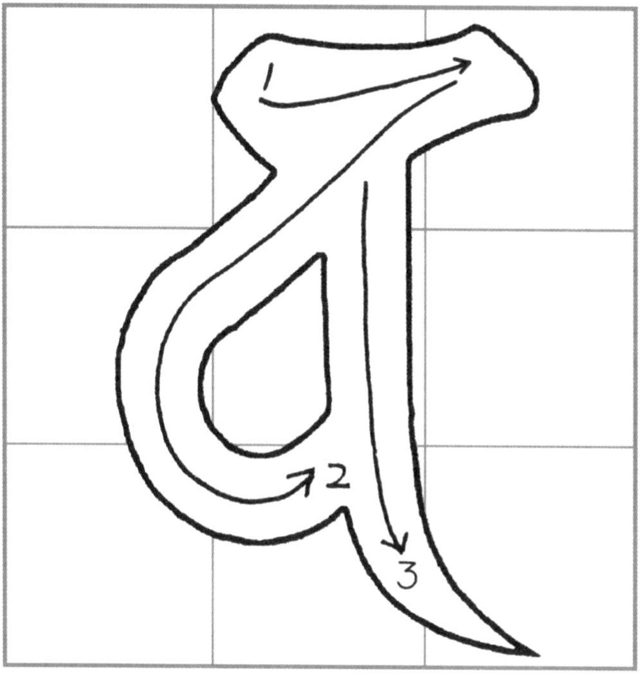

悉曇子音 24 𑖥(bha)

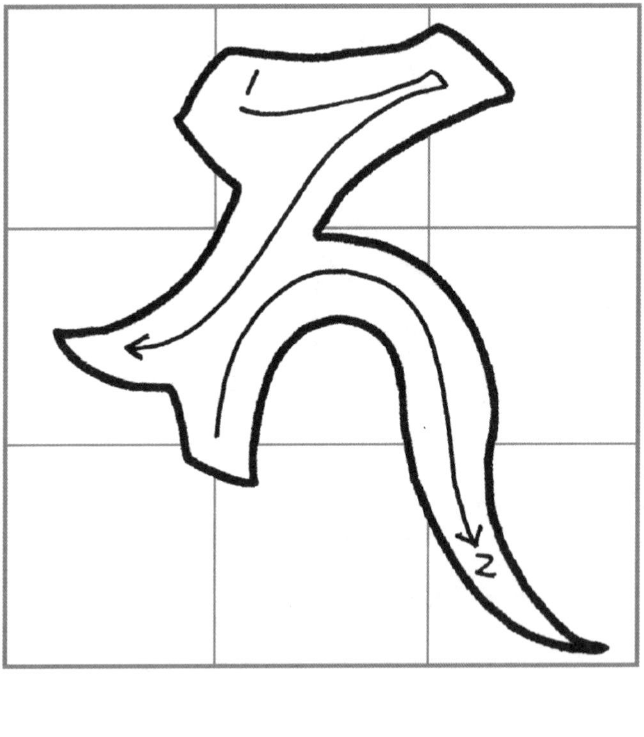

悉曇子音 25 𑖦(ma)

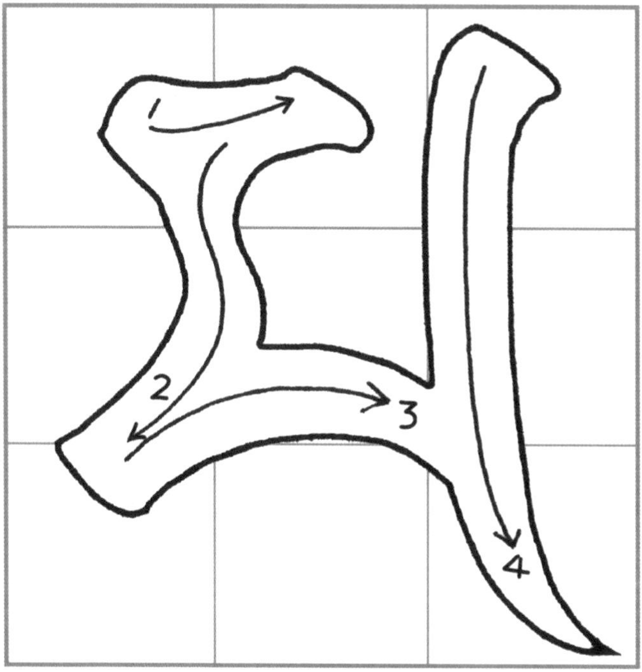

悉曇子音 26 𑖧(ya)

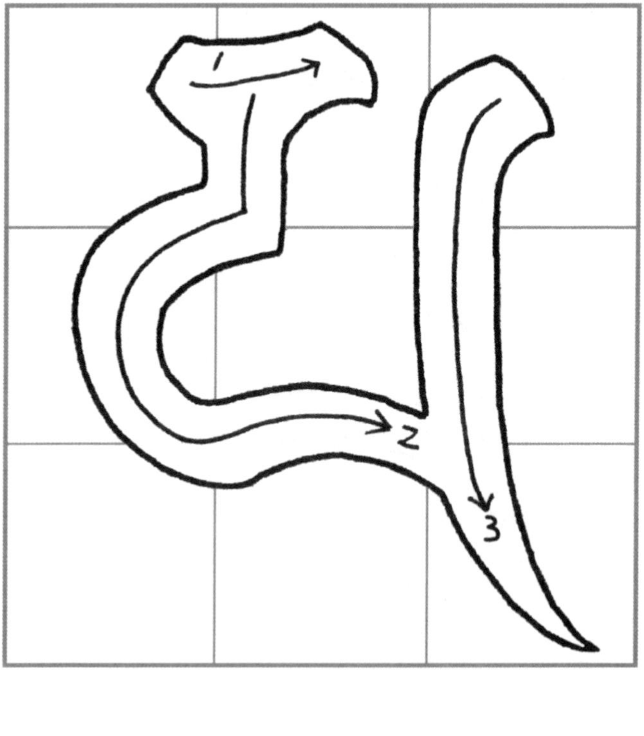

悉曇子音 27 𑖨 (ra)

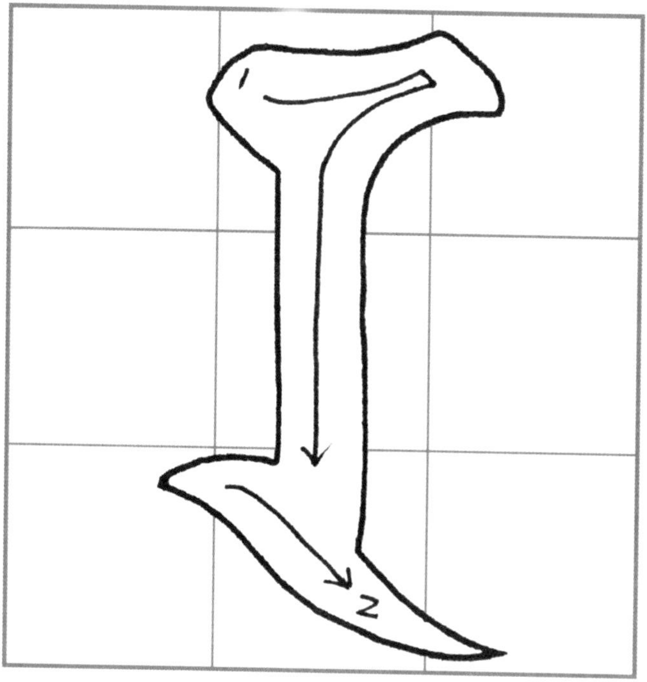

悉曇子音 28 𑖩(la)

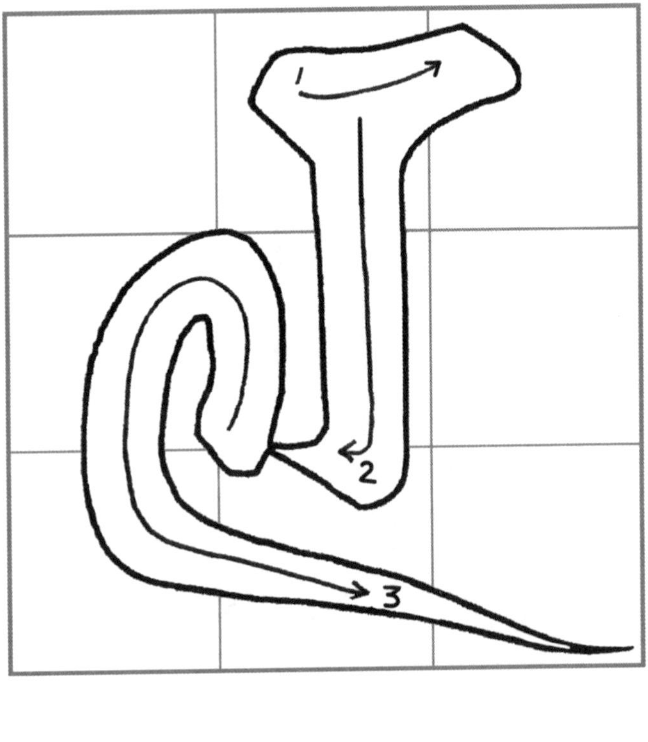

悉曇子音 29 𑖪(va)

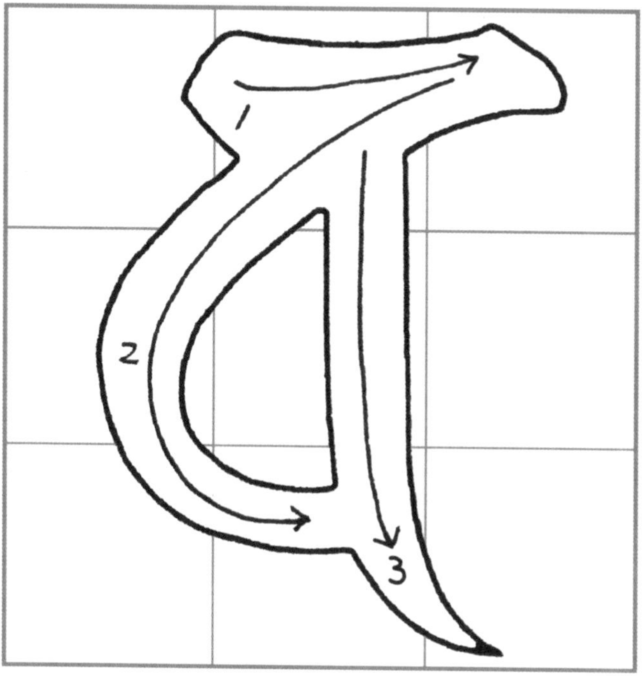

悉曇子音 30　𑖫(śa)

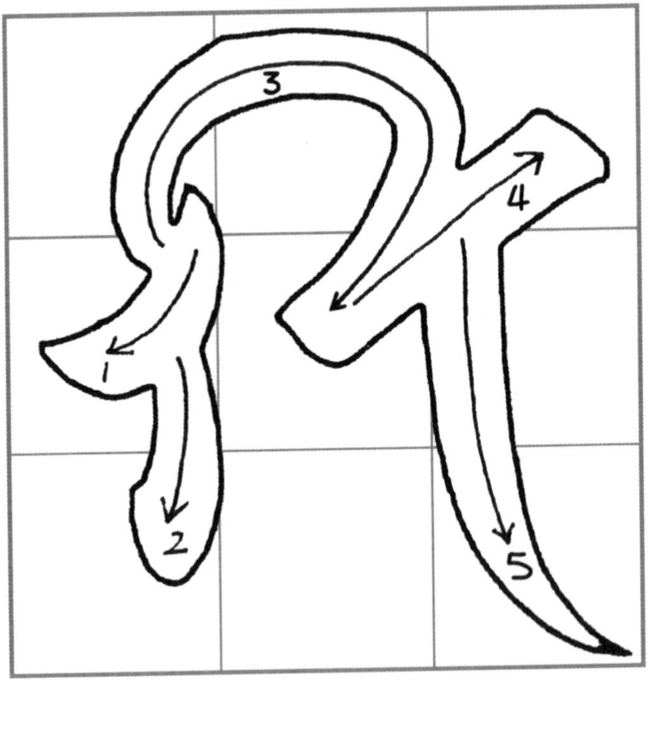

悉曇子音 31　𑖬(ṣa)

悉曇子音 32　𑖭(sa)

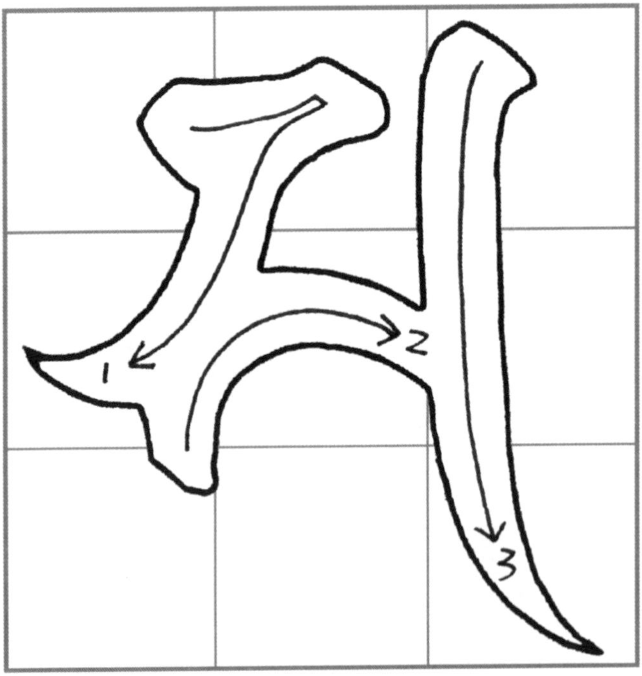

悉曇子音 33 𑖮(ha)

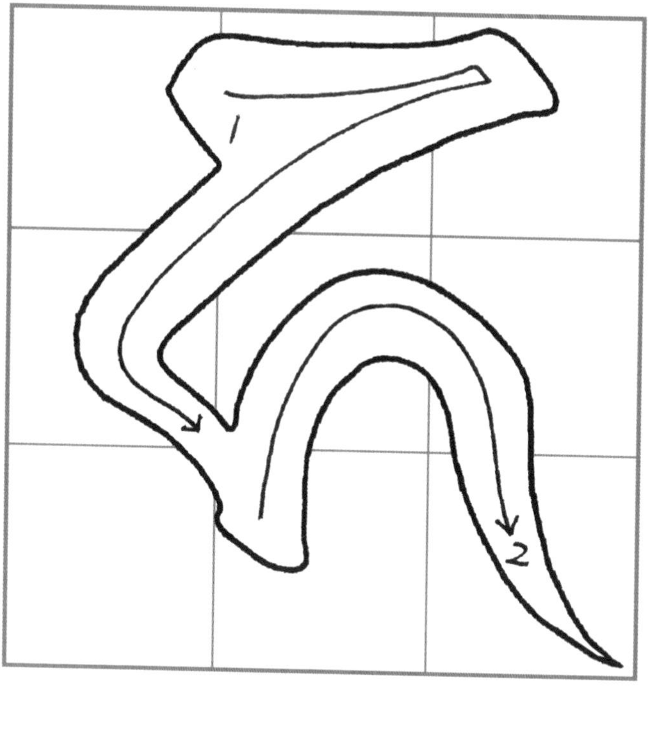

悉曇子音 34 ḻ (llaṃ)

悉曇子音 35 𑖎𑖿𑖬(kṣa)

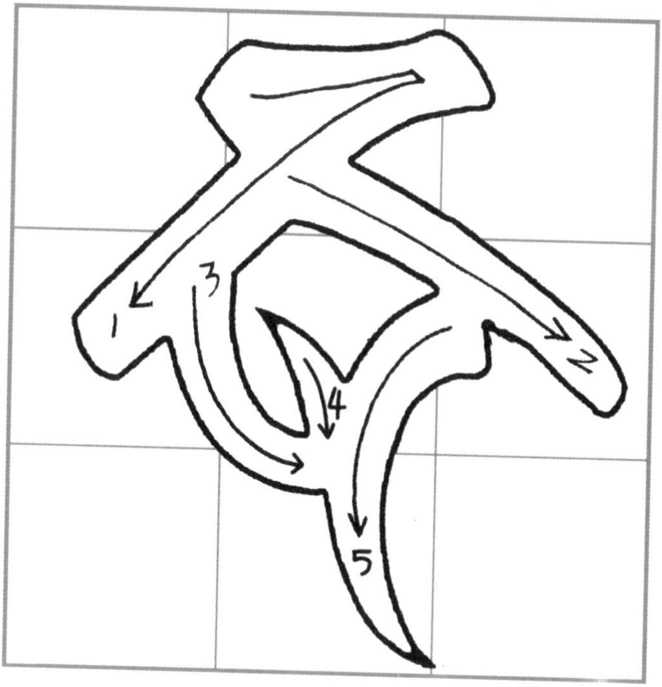

第四章
梵字字母的常見漢文音譯

一、佛經中梵字五十一字母的漢文音譯

中國人以漢文翻譯梵文經典時，有兩種作法，一是將梵文意譯成漢文，二是將梵文音譯成漢文。前者在翻譯之後是單純的漢文；後者雖形貌是漢文，但就某種意義來說，它仍是梵文。後者的用法很普遍，如市面上常可見到所謂梵文或梵音的〈大悲咒〉，事實上並非以真正的梵文如悉曇體、天城體或羅馬拼音書寫，而是以漢文音譯，但仍稱之爲梵文或梵音〈大悲咒〉。

這種漢文音譯的梵文，在佛典非常多，如佛陀（buddha）、三藐三菩提（samyaksaṃbodhi）、文殊師利（mañjuśri）、波羅密多（pāramitā）、毗琉璃（vaiḍūrya）等等。幾乎所有的真言咒語，皆以此種方式音譯。

梵文字母系統在漢譯佛典中，主要有「五十一字門」與「四十二字門」兩種，前者是「基本梵字字母」，後者是「華嚴字母」。爲方便讀者在閱讀藏經及真言咒語時，將漢譯與梵文相比對，以掌握經文較原始的讀音，本章分別就「基本梵字字母」與「華嚴字母」兩部份，從幾部較具代表性的經典中，節錄其基本字母的漢譯列表比較，供讀者參考。另外在較具代表性的著作上，本文除收錄了幾篇重要經典中的漢譯之外，還參考了清代章嘉呼圖克圖編著的《同文韵統》，以及日本學者水谷真成《中國語史研究——中國語學とインド學との接點》的資料。

以下先就「基本梵字字母」部份，列出引用資料的簡稱與出處明細，並整理出各譯者所使用漢文音譯梵字的對照表。

1. 出處：

簡　稱	朝代	編 譯 者	書　　　名	出　處
法顯	東晉	法顯	《大般泥洹經・文字品》卷第 5 第 14	T 12.376.p887
曇無讖	北涼	曇無讖	《大般涅槃經・如來性品》卷第 8，第 4 之 5	T 12.374.p413
慧嚴等	劉宋	曇無讖譯，釋慧嚴、釋慧觀同謝靈運再治	《大般涅槃經・文字品》卷 8，第 13	T 12.375.p653
僧伽婆羅	梁	僧伽婆羅	《文殊師利問經・字母品》	T 14.468.p498
闍那崛多	隋	闍那崛多	《佛本行集經・習學技藝品》	T 3.190.p704
不空 A	唐	不空	《文殊問經》	《同文韵統》
不空 B	唐	不空	《瑜伽金剛頂經釋字母品》	T 18.880.p338
章嘉	清	章嘉呼圖克圖	《同文韵統》欽定天竺字母	「涵芬樓版」
傳統音譯	日本	水谷真成	〈梵語音を表わす漢字における聲調の機能〉	《中國語史研究——中國語學とインド學との接點》p314

(註：T 12.376.p887 表大正藏第 12 冊 376 經第 887 頁)

2. 梵字基本字母漢譯對照表：

A.母音：

編號	悉曇文字	羅馬拼音	法顯	曇無讖	慧嚴等	僧伽婆羅	闍那崛多	不空A	不空B	章嘉	傳統音譯
1	𑖀	a	短阿	噁	短阿	阿	阿	阿	遏	阿	阿
2	𑖁	ā	長阿	阿	長阿	長阿		阿	阿引	阿 阿	阿引
3	𑖂	i	短伊	億	短伊	伊	伊	伊	壹	伊	伊
4	𑖃	ī	長伊	伊	長伊	長伊		伊	翳引	伊 伊	伊引
5	𑖄	u	短憂	郁	短憂	憂	優	塢	嗢	烏	塢
6	𑖅	ū	長憂	優	長憂	長憂		汙	污引	烏 烏	污引
7	𑖆	ṛ	釐	魯	魯	釐		呂	哩	唎	哩
8	𑖇	ṝ	釐	流	流	長釐		呂	梨	唎 伊	哩引
9	𑖈	ḷ	樓	盧	盧	梨		力	魯	利	呂
10	𑖉	ḹ	樓	樓	樓	長梨		嚧	盧	利 伊	嚧
11	𑖊	e	咽	啞	啞	堅	啞	曀	伊	厄	曀
12	𑖋	ai		野	野	翳		愛	愛	厄 厄	愛
13	𑖌	o	烏	烏	烏	烏	嗚	污	鄔	鄂	污
14	𑖍	au	炮	炮	炮	燠		奧	奧	鄂 鄂	奧
15	𑖀𑖽	aṃ	安	菴	菴	菴		暗	暗	昂	闇
16	𑖀𑖾	aḥ	最後阿	阿	痾	阿		惡	惡	阿 斯	惡

B.子音：

編號	悉曇文字	羅馬拼音	法顯	曇無讖	慧嚴等	僧伽婆羅	闍那崛多	不空A	不空B	章嘉	傳統音譯
1	𑖎	ka	迦	迦	迦	迦	迦	迦	葛	嘎	迦
2	𑖏	kha	呿	佉	呿	佉	佉	佉	渴	喀	佉
3	𑖐	ga	伽	伽	伽	伽	伽	誐	[illegible]	噶	誐
4	𑖑	gha	重音伽	咺	重音伽	恒	咺	伽	竭	哈噶	伽
5	𑖒	ṅa	俄	俄	俄	誐	俄	仰	誐	阿迎▯	仰
6	𑖓	ca	遮	遮	遮	遮	遮	左	左	匝	遮
7	𑖔	cha	車	車	車	車	車	嗟	擦	擦	磋
8	𑖕	ja	闍	闍	闍	闍	闍	惹	惹	雜	惹
9	𑖖	jha	重音闍	膳	重音闍	禪	社	酇	嵯	哈雜	酇
10	𑖗	ña	若	若	若	若	若	孃	倪	鴉尼▯	孃
11	𑖘	ṭa	吒	吒	吒	多	吒	吒	哳	查□	吒
12	𑖙	ṭha	侘	侘	侘	他	咤	咤	詫	叉	咤
13	𑖚	ḍa	荼	荼	荼	陀	荼	拏	痆	楂□	拏
14	𑖛	ḍha	重音荼	袒	重音荼	檀	嗏	荼	荼	哈楂▯	荼
15	𑖜	ṇa	拏	拏	拏	那	拏	拏	拏	那□	拏
16	𑖝	ta	多	多	多	輕多	多	多	怛	答	多
17	𑖞	tha	他	他	他	輕他	他	佗	撻	塔	他
18	𑖟	da	陀	陀	陀	輕陀	陀	娜	捺	達	陀

(續表)

編號	悉曇文字	羅馬拼音	法顯	曇無讖	慧嚴等	僧伽婆羅	闍那崛多	不空 **A**	不空 **B**	章嘉	傳統音譯
19	𑖠	dha	重音陀	彈	重音陀	輕檀	咃	馱	達	哈達	馱
20	𑖡	na	那	那	那	輕那	哪	曩	那	納	曩
21	𑖢	pa	波	波	波	波	簸	頗	鉢	巴	跛
22	𑖣	pha	頗	頗	頗	頗	頗	頗	發	葩	頗
23	𑖤	ba	婆	婆	婆	婆	婆	麼	末	拔	麼
24	𑖥	bha	重音婆	滼	重音婆	梵	嘍	婆	婆	哈拔	婆
25	𑖦	ma	摩	摩	摩	磨	摩	莽	摩	嘛	莽
26	𑖧	ya	耶	蛇	邪	耶	耶	野	耶	鴉	野
27	𑖨	ra	羅	囉	囉	囉	囉	囉	囉	喇	囉
28	𑖩	la	輕音羅	羅	輕羅	邏	邏	砢	邏	拉	邏
29	𑖪	va	和	和	和	婆	婆	嚩	嚩	斡	嚩
30	𑖫	śa	賒	奢	賒	捨	嗜	捨	沒	沙	捨
31	𑖬	ṣa	沙	沙	沙	屣	沙	灑	沙	卡	灑
32	𑖭	sa	娑	娑	娑	娑	娑	娑	薩	薩	娑
33	𑖮	ha	呵	呵	呵	訶	啇	賀	訶	哈	賀
34	𑖩𑖿𑖩𑖽	llaṃ	羅		羅	欏					濫
35	𑖎𑖿𑖬	kṣa		茶				乞灑	刹	嘎刹	乞灑

二、華嚴四十二字母的漢文音譯

本節依「華嚴四十二字母」，列出引用資料的簡稱與出處明細，試著整理出各譯者所使用漢文音譯梵字的對照表。

1. 出處：

簡　稱	朝代	編 譯 者	書　　名	出　處
竺法護	西晉	竺法護	《光讚般若經》	T 8.222.p196
無羅叉	西晉	無羅叉	《放光般若經》	T 8.221.p26
鳩摩羅什	後秦	鳩摩羅什	《摩訶般若波羅蜜經》	T 8.223.p256
佛馱跋陀羅	東晉	佛馱跋陀羅	《大方廣佛華嚴經》	T 9.278.p765
玄奘	唐	玄奘	《大般若波羅蜜多經》	T 5.220.p302
實叉難陀	唐	實叉難陀	《大方廣佛華嚴經》	《同文韵統》
地婆訶羅	唐	地婆訶羅	《大方廣佛華嚴經入法界品》	T 10. 295.p877
不空	唐	不空	《華嚴經》	《同文韵統》
般若	唐	般若	《華嚴經》	《同文韵統》

(註：T 8.222.p196 表大正藏第 8 冊 222 經第 196 頁)

2. 華嚴字母漢譯對照表：

編號	悉曇文字	羅馬拼音	竺法護	無羅叉	鳩摩羅什	佛陀跋陀羅	玄奘	實叉難陀	地婆訶羅	不空	般若
1	𑖀	a		阿	阿	阿	哀	阿	阿	阿	婀
2	𑖨	ra	羅	羅	邏	羅	洛	多	羅	囉	囉
3	𑖢	pa	波	波	波	波	跛	波	波	跛	跛
4	𑖓	ca	遮	遮	遮	者	者	者	者	左	者
5	𑖡	na	那	那	那	多	娜	那	多	曩	曩
6	𑖩	la	羅	羅	羅	邏	砢	邏	邏	攞	攞
7	𑖟	da	陀	陀	陀	荼	柁	拖	荼	娜	娜
8	𑖤	ba	波	波	婆	婆	婆	婆	婆	摩	婆
9	𑖚	ḍa	跎	茶	茶	茶	茶	茶	茶	拏	拏
10	𑖬	ṣa	沙	沙	沙	沙	沙	沙	沙	灑	灑
11	𑖪	va	惒	和	和	他	縛	縛	他	嚩	嚩
12	𑖝	ta	多	多	多	那	頞	哆	那	多	哆
13	𑖧	ya	計	夜	夜	邪	也	也	耶	野	也
14	𑖬𑖿𑖘	ṣṭa	吒	吒	咤	史吒	瑟吒	瑟吒	史吒	瑟吒	瑟吒
15	𑖎	ka	阿	加	迦	迦	迦	迦	迦	迦	迦
16	𑖭	sa	娑	娑	娑	娑	娑	娑	婆	娑	娑
17	𑖦	ma	摩	摩	磨	摩	磨	麼	摩	莽	莽

(續表)

編號	悉曇文字	羅馬拼音	竺法護	無羅叉	鳩摩羅什	佛陀跋陀羅	玄奘	實叉難陀	地婆訶羅	不空	般若
18	𑖐	ga	迦	伽	伽	伽	伽	伽	伽	誐	誐
19	𑖞	tha	癉	他	他	娑他	他	他	娑他	佗	他
20	𑖕	ja	闍	闍	闍	社	闍	社	社	惹	惹
21	𑖭𑖿𑖪	sva	波	濕波	簸	室者	濕縛	鎖	室者	娑嚩	娑縛
22	𑖠	dha	陀呵	大	馱	挓	達	柂	柁	馱	馱
23	𑖫	śa	奢	赦	賒	奢	捨	奢	奢	捨	捨
24	𑖏	kha	呿	佉	呿	佉	佉	佉	佉	佉	佉
25	𑖎𑖿𑖬	kṣa	叉	叉	叉	叉	羼	叉	叉	訖灑	乞叉
26	𑖭𑖿𑖝	sta	尸癉	侈	哆	娑多	薩頞	娑多	娑多	娑多	娑哆
27	𑖗	ña	偌	若	若	壤	若	壤	壤	孃	孃
28	𑖨𑖿𑖞	rtha	咤呵	伊陀	挓	頗	辣他	曷攞多	頗	囉佗	曷囉他
29	𑖥	bha	披何	繁	婆	婆	薄	婆	婆	婆	婆
30	𑖔	cha	車	車	車	車	綽	車	車	蹉	車
31	𑖭𑖿𑖦	sma	那	魔	摩	娑摩	颯磨	娑麼	娑摩	娑麼	娑摩
32	𑖮𑖿𑖪	hva	沙波	叵	火	訶娑	嗑縛	訶娑	訶娑	訶嚩	訶嚩
33	𑖝𑖿𑖭	tsa	嗟	蹉	嗟	訶	蹉	縒	訶	哆娑	哆娑
34	𑖑	gha	迦何	袈	伽	伽	鍵	伽	伽	伽	伽

(續表)

編號	悉曇文字	羅馬拼音	竺法護	無羅叉	鳩摩羅什	佛陀跋陀羅	玄奘	實叉難陀	地婆訶羅	不空	般若
35	𑖙	ṭha	咤徐	吔	他	吒	搋	吒	吒	姹	姹
36	𑖜	ṇa	那	那	拏	拏	拏	拏	拏	儜	儜
37	𑖣	pha	頗	破	頗	娑頗	頗	娑頗	娑頗	頗	頗
38	𑖭𑖿𑖎	ska	尸迦	歌	歌	娑迦	塞迦	娑迦	娑迦	塞迦	娑迦
39	𑖧𑖿𑖭	ysa	磋	嵯	醝	闍	逸娑	也娑	闍	也娑	夷娑
40	𑖫𑖿𑖓	śca	侈	嗟	遮	多娑	酌	室者	多娑	室左	室者
41	𑖘	ṭa	吒	吒	咤	侘	吒	侘	侘	吒	侘
42	𑖛	ḍha		嗏	荼	陀	擇	陀	陀	茶	荼

「華嚴字母」的內容目前並無定論，部份內容各家仍有不同的意見，以上所列僅供讀者參考。

第五章
梵字字母中的種子字

一、種子字的意義

種子字的梵文爲 bīja，其本意即是植物的種子，後來佛教瑜伽行派有一「種子說」，密教中則有「種子字」的發展。瑜伽行派的「種子說」是指「思種子」，它有能生、能藏、帶業流轉的作用；而密教「種子字」，則是用一個悉曇字來代表一尊佛、菩薩或天王等。

佛、菩薩或天王的種子字，常取自其梵文尊名的第一字，或取其咒語的第一字或其中重要的一字。如：藥師如來的種子字爲𑖥𑖹（bhai），即取自梵文名稱 bhaisaja-guru-tathagata 的第一字 bhai。又如：胎藏界大日如來，真言爲𑖀𑖪𑖰𑖨𑖮𑖳𑖽𑖏𑖽（a-vi-ra-hūṃ-khaṃ），因此取其真言第一字𑖀 a 爲種子字，而此𑖀字又可代表不生（anutpāda）之意。

這種概念很類似我們在日常生活中，常有以一個字代表某一名稱的習慣，如所謂「孔、孟」即代表孔子、孟子。而英文也有類似的情形，在年輕人的交談或書信往來中，常以名字的第一個字母代表一個人，如以 M 代表 Mary，以 T 代表 Tony 等。

不過一尊佛、菩薩可有不同的種子字，同一種子字也可能代表多位佛、菩薩。例如𑖀（a）就是胎藏界大日如來、寶幢如來、日光菩薩等多位佛菩薩的種子字。而地藏菩薩的種子字則有𑖂（i）及𑖮（ha）等。

在密教修法中，諸尊種子字，有非常重要的地位，其不但表徵諸尊內證心要與境界，也可視之爲諸佛菩薩本尊，又因其常取自於該本尊真言的首字或中字等，往往是真言的心髓，因此，在密教修法中，不但有書寫種子字的曼荼羅，稱之為種子曼荼羅（又稱為法曼荼羅，屬四種曼荼羅之一）；也常將種子字當成真言唸誦。

此外，尚有依諸尊的種子而修習觀行的種子觀。在密教諸種子觀中，最基本、也最具代表性的，要屬𑖀(a，阿)字觀，此法門又稱為阿字月輪觀、淨菩提心觀或一體速疾力三昧。

在梵字悉曇五十一字母中，阿𑖀字位列第一字，所以密教視為眾聲之母、眾字之母，並認為一切教法都是由阿字所生。因此，在《大日經》中，稱之為「真言王」或「一切真言心」，可見對阿𑖀字的重視。而歷代以來，有關阿字觀的修法次第口訣與註疏，不下一百多種，也可見此法門傳弘之盛了。

總之，以梵文悉曇字形式展現的種子字，在密教修法中依其形、音、義衍生出諸多不同觀行法門，而由上述阿𑖀字觀在密法中的重要性，也可略窺種子字在密教修法中所佔的地位於一斑。

𑖀(a 阿)字觀--種字觀爲一種重要的密教修法

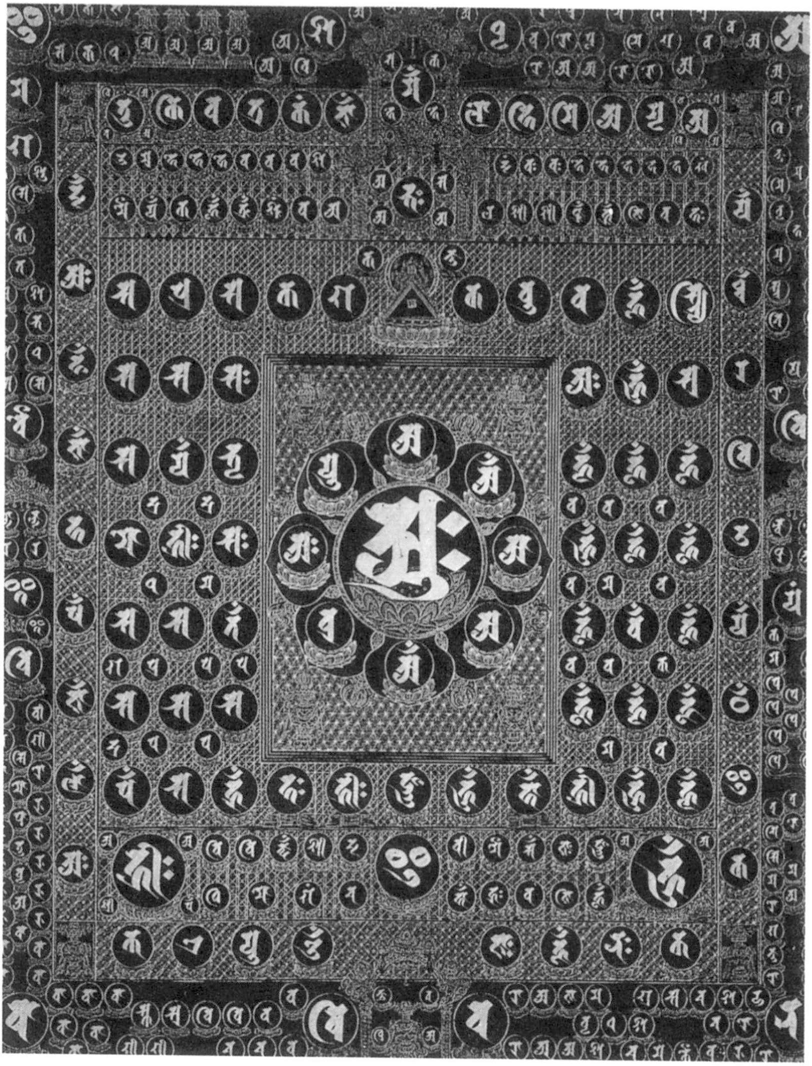

書寫代表諸尊種子字的曼陀羅（法曼陀羅）

二、諸尊種子字例

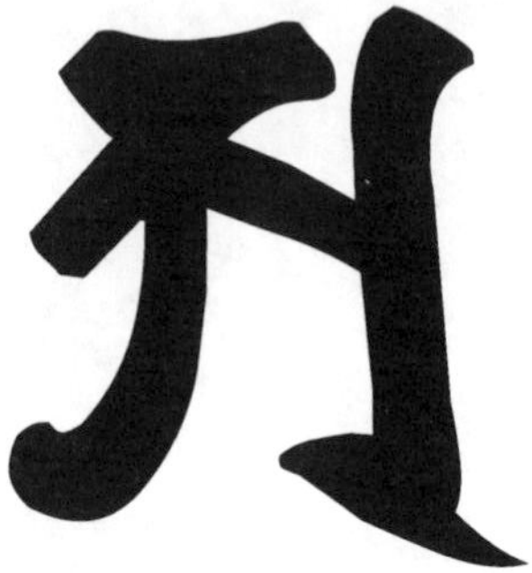

a

胎藏大日如來

ā

開敷華王如來

aṃ

無量壽如來

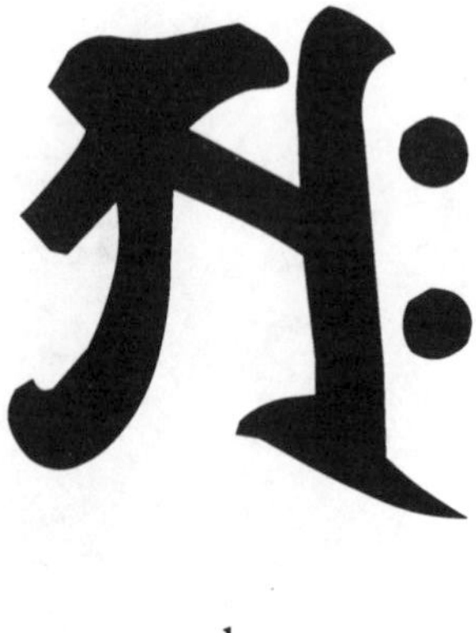

aḥ

不空成就如來

i
延命地藏菩薩

i
破勝地藏菩薩
(i 的異體字)

i
讚龍地藏菩薩
(i 的異體字)

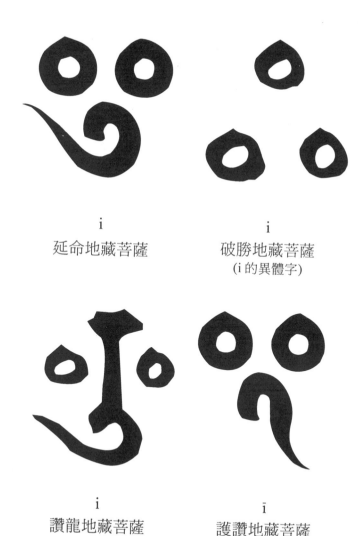

ī
護讚地藏菩薩

ī
弁尼地藏菩薩
(ī 的異體字)

ka
十一面觀音

ga
佛眼佛母

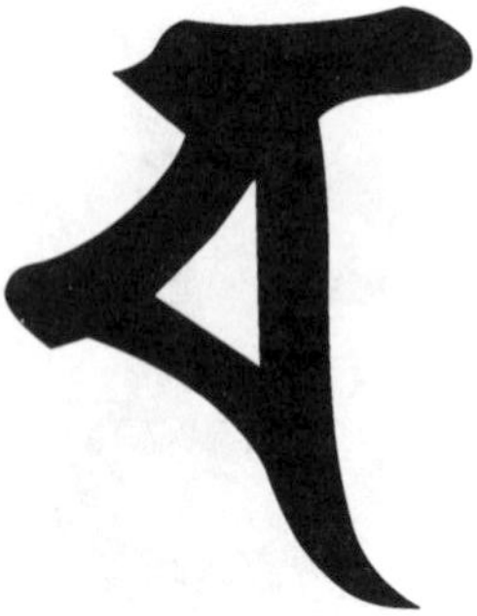

ca
月光菩薩

ta
梵天

na
水天

da
持世菩薩

dha
燒香菩薩

pa
白處尊菩薩

ma
孔雀明王

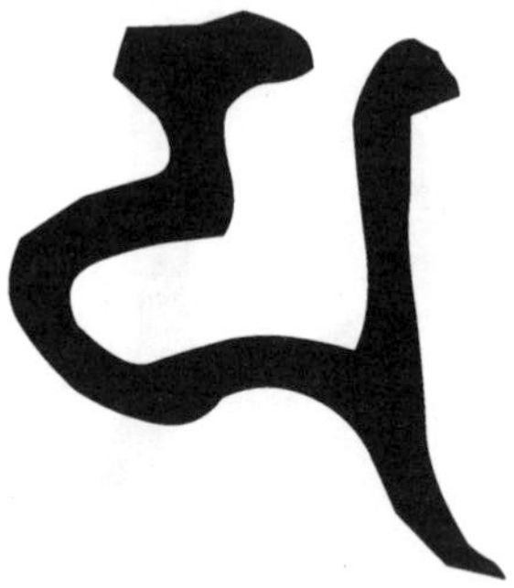

ya
帝釋天

ra
施無畏菩薩

va
金剛薩埵

śa
土曜星

sa
聖觀音

ha
地藏菩薩

四、常見種子字表

種子字	羅馬拼音	諸　　　　尊
𑖀	a	胎藏大日如來、寶幢如來、日光菩薩、深沙大將、日天、水天、阿修羅
𑖁	ā	開敷華王如來
𑖀𑖽	aṃ	無量壽如來、普賢菩薩、一切如來智印
𑖀𑖾	aḥ	天鼓雷音如來、不空成就如來、虛空藏菩薩、除蓋障菩薩
𑖂	i	地藏菩薩(延命地藏)、伊舍那天
𑗘	i	破勝地藏(六地藏之一)
𑗙	i	讚龍地藏(六地藏之一)
𑖃	ī	護讚地藏(六地藏之一)
𑗚	ī	弁尼地藏(六地藏之一)
𑖎	ka	十一面觀音、大勇猛菩薩、如來悲菩薩、馬鳴菩薩

種子字	羅馬拼音	諸　　　尊
𑖐	ga	佛眼佛母、迦樓羅、塗香菩薩
𑖓	ca	月光菩薩、月天
𑖝	ta	梵天
𑖡	na	龍樹菩薩、水天、火天
𑖟	da	持世菩薩、檀波羅蜜菩薩
𑖠	dha	燒香菩薩、堅牢地神后、虛宿
𑖢	pa	白處尊菩薩、他化自在天
𑖦	ma	孔雀明王、摩利支天、大黑天、大自在天、那羅延天
𑖧	ya	帝釋天、夜叉
𑖨	ra	施無畏菩薩、大吉祥菩薩
𑖪	va	金剛薩埵

種子字	羅馬拼音	諸　　　尊
	śa	帝釋天、土曜星
	sa	聖觀音、楊柳觀音、葉衣觀音、寂留明菩薩、豐財菩薩
	ha	地藏菩薩

九重阿字

佛教小百科20

簡易學梵字（基礎篇）

作　　者　林光明
主　　編　洪啟嵩
執行編輯　劉詠沛、莊慕嫺
封面設計　張育甄
出　　版　全佛文化事業有限公司
訂購專線：(02)2913-2199
傳真專線：(02)2913-3693
發行專線：(02)2219-0898
匯款帳號：3199717004240 合作金庫銀行大坪林分行
戶　　名：全佛文化事業有限公司
E-mail：buddhall@ms7.hinet.net
http://www.buddhall.com
門　　市　新北市新店區民權路88-3號8樓
門市專線：(02)2219-8189
行銷代理　紅螞蟻圖書有限公司
台北市內湖區舊宗路二段121巷19號（紅螞蟻資訊大樓）
電話：(02)2795-3656
傳真：(02)2795-4100

初　　版　2000年10月
二版二刷　2023年01月
定　　價　新台幣300元
I S B N　978-986-98930-1-5（平裝）

國家圖書館出版品預行編目資料

簡易學梵字.基礎篇 / 林光明作.
-- 二版. -- 新北市：
全佛文化事業有限公司, 2020.05
面；　公分. -- (佛教小百科；20)
ISBN 978-986-98930-1-5(平裝)

1.梵文
803.3　　　　109005206

Buddhall

Published by BuddhAll Cultural Enterprise Co.,Ltd.

BuddhAll

All is Buddha.

BuddhAll.

BuddhAll